讀心錄

姜维群/著

百花文艺出版社
BAIHUA LITERATURE AND ART PUBLISHING HOUSE

图书在版编目(CIP)数据

读心录/姜维群著. —天津：百花文艺出版社，2012.4
ISBN 978-7-5306-5990-8

I. ①读… II. ①姜… III. ①随笔—作品集—中国—当代 IV. ①I267.1

中国版本图书馆CIP数据核字(2012)第031737号

百花文艺出版社出版发行
地址:天津市和平区西康路35号
邮编:300051
e-mail: bhpubl@public.tpt.tj.cn
http://www.bhpubl.com.cn
发行部电话:(022)23332651 邮购部电话:(022)23332478
全国新华书店经销
天津新华印刷三厂印刷
*
开本 850×1168毫米 1/32 印张9.25 插页2 字数207千字
2012年5月第1版 2012年5月第1次印刷
定价:20.00元

目　录

序

姜维群

读不懂与读不透

心可读吗?每个人默坐独思,辗转不寐时,都是在读心。有时欢悦,有时愤懑,有时忧郁,那是读心而后的情绪折射。倘若我们打开一本书,看报刊的某一文章,那是读作者的心。但许许多多时候,心,无论是你的,还是我的,读不懂读不透,何故?人的心一如天空,一忽儿碧湛如洗,一忽儿浓黑如墨,刹那间而万变。近日无事翻阅熊十力先生的《原儒》,上说:“一切物刹那刹那,变化密移。方其如是,即已不如是。”这就是说,一切事物在无数“刹那”中变化,刚才是这样,现在已不这样了。

物犹如此,何况心乎?

中国人所言的心不是现代医学所指的心脏,只是人体的一个脏器,作用如泵,使血液循环。中国人所说的心范围就大了,说小了是“心之官则思”,是人的思维心理;说大了这个“心”便是宇宙。南宋陆九渊、明王守仁把“心”作为宇宙万物和伦理道德本原,认为“心即理也”,“宇宙便是吾心、吾心即是宇宙”。从某种意义上说,心似乎能包容一切,像“这个人没心”,是指道德人性伦理；“这个人心高”，是指志向；像“这个人心眼儿很多”，是指城府深心力足智谋广；“这个人正心乱”，是指心绪不宁、忐忑惶惑，这些都与心脏机理无关。

正因为心包容一切，其无数个层面、无数个侧面，构成思维的万花筒，我们即使去解读去记录去诠释，只能是无数个层面的一，无数个侧面的一，无数个刹那的一。

世间的事很怪，一眼望穿的清水，人们望一眼足矣，一览无余的平川，人们一览足矣。然而人的心却如太湖石，皱漏透瘦，谁能阅透、谁能读懂？传说商纣王的叔父比干的心有七窍(俗称心眼儿多)，人们在此基础上又进化了几千年，你说这心还读得懂，读得透吗？

正是由于难懂，一部《易经》读到现在；一部老子的《道德经》仅五千多字，解它的书籍几百部；一部《红楼梦》养活了多少红学家和出版社、电视台。世间的事倘若都像“一去二三里，烟村四五家，亭台六七座，八九十枝花”那么直白，大概我们都无话可谈了。

但是作为人，作为文章只能由“一”说起，正如说书开篇常是“花开两朵，各表一枝”，从一开说，从一延伸，这样再复杂也是一个一，再深奥也是一个一。从今天起，“读心录”将心中的无数个侧面一个一个地剖析，当无数纷繁的世界截断作“一”时，这个世界就简单了。

世界本是一个简单的世界，是一个“一加一等于二”的世界。如生与死是人的一生，爱与恨是人的情感全部，黑与白是一天的轮回，冷与热是四季的交替。但是，人的“心”将世界这“一加一”的算式弄复杂了，在其中加三减二除五乘六再开方……“算”得人心力交瘁，眼花气短，然而，无论你怎样使算式艰深高难，其得数永远等于“二”。

“读心录”就是想简化这人生的算式，净化这方红尘蔽目的心灵土地。倘能让人思虑一时澄明，情绪刹那平和，也不枉我读人心，人读我文了。

思维能倒转吗？

反过来，或者也可说倒转过来。人一生下来常常要被倒过来，大头冲下，在屁股上拍上几掌，于是，大哭，于是接生的人会笑，说，好健壮。

但从此，人绝对不可大头朝下，有一句话叫作“解生灵之倒悬”，说明这是一件既危急又危险的事。不过偶有例外，小时调皮，常常叉开两腿，弯腰下去，脑袋冲下从裤裆处往远处看，景色立刻变了，很奇特。这是因为视角影响了视觉。

由此想到思维：思维我们能反过来或倒转过来吗？

一个人的思维惯性很强，一个民族也有一个民族的思维惯性，一个家族也有一个家族的思维惯性。如对待身体的炎症，西医从来是洗净消毒，尔后用抗菌的抗生的药消灭细菌。能不能反过来或倒过来换个方法呢？

由此突然想到了苍蝇。

人们对于苍蝇有一定的思维定势：苍蝇—肮脏—消灭。作为四害之一的苍蝇，人们深恶痛绝，我们能否反过来看它呢？

在第一次世界大战期间，当时医疗条件很差，不少伤兵不仅得不到外科的医疗处理，甚至连最简单的医疗包扎和消炎也来不及。几天后，这些伤兵的创口被丝光绿蝇(天津人叫它绿豆蝇)下了卵而生蝇蛆，看起来让人恶心。可是，这些伤兵既不发烧，伤口也不腐烂。相反，创口还逐渐好转而愈合了。这一奇妙的现象让医生困惑了。

于是有人倒转过来思维了。既然蝇脏，但又不被细菌感染，正是说明苍蝇有极强的抗菌功能。在美国华盛顿，一位老人长期卧床，身上长了大面积的褥疮，使用各种抗菌素均无疗效，医院束手无策了。一位当地医生采用“蝇蛆疗法”将病治愈。他先用绿头苍蝇在马肉上产卵成蛆，然后将蝇蛆处理后放养在患者伤口上，结果褥疮腐肉被蛆虫一扫而光，很快伤口愈合。这是因为蝇蛆体内有“抗菌活性蛋白”，不仅愈合伤口，还具抗癌作用，用最肮脏的东西完成了最圣洁的“工作”，这不是反用思维又是什么？

其实，人的思维倒转很难。谁若时时事事倒转过来思维肯定是巨匠哲人。

庄子曾讲过这样一个故事，有人种葫芦，一下子结了一个大葫芦。葫芦一般用来盛酒水液体的，由于这只葫芦太大，如装满水肯定会炸裂，倘锯开用它的一半当瓢舀水用呢？又没有那么大的缸。于是庄子这位哲人说话了，你们只知把水装在里面，而不知把水装在它的外面。把它放在河中当船用不是很好吗？

苍蝇有害，能用“害”者成了宝；大葫芦盛不了水，反过来用水盛它，化废为用。据载，历史上一位美国总统对他的敌人没采取消灭的手段，人皆怪之。他说，我把我的敌人改变成我的朋友和消灭敌人是一样的，不仅减少了敌人还增加了朋友。

这是睿智过人的倒转思维。

世界上本来没有倒正，只因为人的脑袋朝了上，于是以此为坐标有了倒与正。一旦面对脑袋朝下的东西我们就容易混乱,像大白菜:长在地里时我们把它的上面称作“头”;一刀砍下来平放,人们又把它的根部指作“头”。

所以,凡是能反过来想、倒转过来想的人,人生当别有一番情趣。

心不可无菌

细菌是在显微镜出现后才被发现的。一滴净水,在显微镜下浮游着成千上万个细菌;一个喷嚏的唾沫星子、咳嗽吐出的一口痰,在显微镜下简直堪称是发动了一场细菌战。于是,人类开始了对细菌的宣战,一场旷日持久的杀菌、灭菌、抗菌的"战争"一直打到现在没分胜负。

世界不能没有细菌。

药物牙膏的发明,口腔卫生有了保护神。道理很简单,药物牙膏能杀灭口腔中的细菌,一个无菌的口腔对人的健康就像打通了一个隧道。其实,事情并非这样简单。日前报载,长期给孩子使用药物牙膏护牙,物极必反,就会影响儿童口腔卫生,长期滥用其害不浅。为什么?原来长期使用消炎护齿类牙膏,不仅会使口腔中致病菌产生抗药性,而且还会杀灭口腔中的正常细菌,不仅会给疾病治疗带来困难,还会出现新的污染。

看来口腔中不能没有细菌,当药物把细菌统统杀光了时,反而会损害口腔。世间万物隔行不隔理,无论是形而下还是形而上,他们的道理是一样的。

心不可无菌,也不可能无菌。

佛家有一桩公案，是两首诗的各执一端，甲说:“身似菩提树,心如明镜台。时时常拂拭,莫使有尘埃。”一说:“菩提本非树,明镜亦非台。本来无一物,何处染尘埃。”心染尘埃必有“菌”,在佛家世界不是无菌区。不说高深的,只说通俗的。《西游记》是宣扬佛家的书,猪八戒的自私、贪婪、好色绝非“净静之境”;孙悟空呢？好虚荣、喜逞强、卖弄聪明,不是三宝弟子中的“免验产品”;那么唐僧呢？在第55回中,女妖用话挑逗唐僧,将一个素馅馍馍劈开递给唐僧。唐僧不解其意答道:“水高船去急,沙陷马行迟。”孙悟空听到这句一语能双关、能让人想入非非的话,恐怕师父乱性,便就现了原形,执棒就打。

在这里,师徒四人若真达到“无菌”境地,何须用九九八十一难去磨炼呢？作为我们凡胎肉身、凡夫俗子,更不可能心无纤尘了无俗意了。

人不能生活在无菌世界里，这样的人会对细菌丧失抵抗能力,就等于失去了生存能力。世界是一个充满细菌的世界,让一个没有抵御细菌能力的人生活在这个世界里，很快会被细菌感染侵蚀。心何尝不是这样？

幼儿的心灵是一方“无菌净土”,没有怨恨,没有嫉妒,没有害人之心,更无防范之意。他们不知道鸡能啄眼、狗会咬手,不知道阴险狡诈、坑蒙拐骗,不懂危险,这就像对细菌毫无抵抗能力的“无菌人”进入到充满“细菌”的世界,后果可想而知。

所以,心不可无菌。

菌,本身就是一种抗体,一种免疫力。为防流感疫情,我们不是一味消灭细菌远离细菌。接种疫苗是什么？是我们主动地接受细菌,把细菌移植到我们身上;我们主动投身社会,去亲睹亲历人世间的阴暗险恶，就是让思维让心灵去接种“细菌”，提高抗菌性，增强免疫力，让我们的心更趋于三维的真实，从而更强健。

心中的“菌”不是无情物，它默默增强人意志中的钙质，丰富着魂灵中的营养成分，添加着理念中的微量元素。心不可无菌，无“菌”的心不健康。

说"得心应手"

曾写过《炼心与练手》，所谓炼心练手，最高境界是得心应手，这些皆不是凭空而来的，而是心手配合，达到默契的程度。

人的一生要说不容易，举个最简单的例子。记得女儿小时教她数数，一边数一边用手指配合嘴说出的数字，一、二、三、四、五伸手指虽然笨拙，但还能一个个伸出来，数到六的时候，需要伸出拇指和小指，这就困难了。但人毕竟是人，只见她先攥起拳头竖起拇指，然后用另一只手掰起小指，于是比划出一个"六"来。

这是心手的配合，从笨拙直到得心应手。

人的一生是心与口、心与手配合的一生。人可能有时心口不一，心里想的和嘴上说的不一样，但心手的配合确是要始终如一的。

得心应手可以说一种是为了生活的，一种是为了事业的。像奥运会比赛，打枪（即射击）是心与手的配合，来不得丝毫误差。打得准，除聪明和心态因素外，最重要的是练习，练得愈苦枪法愈好。从这里再扯到生活上来，不用说擀饺子皮切菜，就是舀汤盛饭也能看出熟练生疏。单位食堂稀饭免费,但需要自己去盛,于是“得心应手”与否一望即知。

常做家务的人,一勺下去稀稠适中,多少正好;不谙此道者,非稀即稠,非多即少,好容易盛好,端着碗全身肌肉绷紧不说,连脸上肌肉都在使劲,这能叫得心应手吗?

其实多么难的事,能达到得心应手不必看得过于神秘。记得中学学过一篇课文《卖油翁》,是说一位大将军在自己后花园射箭,十中八九很是得意。一个站在园外看的卖油老汉不大以为然,将军很不高兴,心说敢小瞧我的射箭?卖油老汉没说话,用勺舀上油,把油葫芦放在地上,再把铜钱放在葫芦口上,往里面倒油。油倒进葫芦,拿起铜钱,铜钱上的方眼竟未沾油,卖油翁一笑说:“这也没什么,不过手熟罢了。”

这个故事向人们轻松地说明一个道理,不要把什么都看得神圣、神秘、神奇,说到底,就是一个熟练与否的问题。

一件多么普通的事,若做到得心应手就能成为一种职业,说得再高一点,是能使之作为安身立命的保障。记得报纸曾载,一个年轻人专修抽水马桶,不论中国的、外国的、复杂的、简单的,一经他手立刻变得好用,由此在一个城市中出了名,很快致富,还上了电视专题节目。

人的手都是五根指头,但它的价值大相径庭,钢琴王子克莱德曼的手指据说价值一千多万美金,这就是说人家的这双手值上亿元人民币。为什么值这么多钱?说穿了还不是人家的手指放在琴键上比一般人更“得心应手”就是了。

人的一生是心手配合的一生,从生命的几个月开始,婴儿就会抓东西、会揉眼、会挠痒。但是,仅仅是生理上的用手连动物都会。作为人,灵巧的五指是任何动物所不能企及的。人脱离了动物界是因为直立行走后，让前肢的功能由助走助跑转化为劳动，它能完成“心之思”的指令。“得心应手”用卖油老汉的一句话是——无他，唯手熟耳。

少些"冲冠一怒"

在国家民族大义面前,人常会"冲冠一怒",岳飞的"怒发冲冠凭栏处"是报国尽忠的壮怀激烈;楚汉相争,武将樊哙在鸿门宴上闯入大帐,"瞋目视项王,头发上指,目眦尽裂",这是为救汉王刘邦的"冲冠一怒"。

中国人的冲冠一怒太多了,仅举一例。江西南昌的滕王阁是唐太宗李世民的弟弟始建的,公元653年建成。在这一千三百多年中,滕王阁被毁28次,第29次兴建奠基于1983年,竣工于1989年。在这"落霞与孤鹜齐飞,秋水共长天一色"的赣江之滨,平均每46年就毁一次滕王阁,据史载滕王阁很少毁于天灾,几乎都是毁于人祸,这人祸大都是"冲冠一怒"而烧的。

项羽一把火烧了阿房宫,竟烧了三个月,任何一次森林大火大概也没烧这么久吧?至今尚未有史学家们统计中国的"烧",到底烧了多少楼台亭阁塔寺,但这"冲冠一怒"的烧在世界上也堪称之最了吧。听说,滕王阁的重建花了人民币达九位数字。

这是"大烧",至于一家一户的"小烧"更是不计其数。报载,一对夫妻吵架,丈夫一怒之下点火将屋内家什全烧了。这"冲冠一怒”肇祸太多了。

“冲冠”是怒发冲冠的简化，是说人由于愤怒而头发直立把帽子顶起来，这是夸张。人在极度恐惧时，会觉得头发根根直立，这是汗毛孔张大的感觉。人的头发没有猫尾巴的功能，当发威或恐惧时尾毛直竖变得异常粗大。但“冲冠一怒”形容人极度的愤怒情绪，这是得到人们公认的。

人在愤怒时最易走极端，愤怒情绪指向人的时候，就会杀戮生命；指向物的时候，就会暴殄天物或烧或砸。这一切都来自情绪的冲动。我们都是常人，终日面对的都是家人、同事或路遇的不相干的人们，在这样的环境中，没有什么非要“冲冠一怒”的事，即使有也要化大怒为小怒，化小怒为不怒，大概会化解许多祸事灾事。

明代时，一青年在外受人羞辱，回家迁怒于妻，冲冠一怒后妻子大病不起。于是求名医傅青主诊治，傅青主顺手拿起一块石头，让他用文火加水煨软后做药引，煮时不能离人，水干再加水。青年回家连续几天几夜守在药锅前煮石，其妻感动万分，转怒为喜化恨为爱，病也好了。傅青主说：石头虽煮不软，但它能把人的心煮软。

怒，是人的七情之一，多么温和的人也会发怒的，但在发怒时怎样把握一下情绪，怎样补救一下，这大概是十分关键的。怒而产生的极端行为造成的后果常常是无法收拾的，而化解一下愤怒，或许是一种完美和胜利。印度的甘地提倡“不杀生，不报复”，这看似柔弱的不屈，却震惊了殖民者，最终使他获得了成功。还说一句，我们是常人，生活在日常琐屑的事务中，少一些愤怒，就多一些平和；多一些平和，就会多一些退让，就会少一些冲突；少一些冲突，当然就会少一些“冲冠一怒”；少一些“冲冠一怒”,就会减少那么多的“烧”、那么多的“毁”。烧的越多,毁的越多,人心越硬,人性越极端。多些“煮”吧,石头虽煮不软,人心会“煮”软的。

交心与教心

人一旦进入群体时，与他人必然产生交往，越熟络越密切，就有了交心的过程，你拒绝回避是封闭，你主动热情是交心。交心，是双方性格品性想法的“互换”。

前几日，画家王超开个人展览特去一观，恰逢王超在场，听他谈起与恩师李苦禅几十年的交往。李苦禅被打成右派无人敢去。为解老师苦闷寂寞王超常去其家中；“文革”中李苦禅为保护女儿将她送至天津，委托王超关照。这些交往是交心，是其性格相互袒露以后才会有的真心真意。无意间，王超又谈起李苦禅在抗日战争敌伪时期秘密抗日，表现一位爱国志士的拳拳之心。谈起老师在“文革”期间宁折不弯的正义、正直……原来，李苦禅不仅教画，而且教心。

我们常常交心，而忽略教心。

现代儿童教育要以交心为要。譬如，提倡父母与子女像朋友一样交心，提倡老师与学生像朋友一样交心。作为父母师长，不教心乃一大失误。

教心并非玄学。古人说，舌者，心之苗也。古人把舌头(言谈)

看作是思想的苗头。古人还说,身者,心之形也。身体是心境的形状显现。说得再接近一点,人的举止言行,人的言传身教就是一个“心教”的过程。教心,就是一个人将自己的思想品行展示给另外一个人,所谓身教胜于言教,其实就是说身教等于心教。

所以,教心难。

固然,一层肚皮一层山,交人交心挺难的,这是对社会而言。一旦进入到家庭序列,交心不是最难。像父母对孩子,都是扒开胸膛亮开心,在现代教育理念熏陶下,在独生子女这个大环境下,恨不得与孩子交交心。然而,教心者又有几人呢?

前文所述,教心是将自己言行展示,言行潜移默化也好,示范演示也罢,总之一定会对周边环境产生辐射,受辐射最强的地区一是办公室,二是家庭。作为人,进了办公室好像女人化过妆,尽量遮蔽缺陷,而进家关上单元门,像舞台帷幕已拉严实了,演员完全松弛。当人进入完全松弛状态后,潜意识陋习、阴暗心理都会一股脑儿跑出来。为什么夫妻间有那么多的不顺意看不惯瞧不上,孩子们有那么多的逆反郁闷,这是一个使人忽略的重要环节。

交心常常让人轻松,而教心常常让人疲惫。儒家讲“慎独”,就是让人总在检点警诫自己,很累人的。尤其是为人师长为人父母者,想“教心”自己先要正冠正身正心,才能使对方“正”。由此想起高英培说的那段相声《教训》,他管教儿子“我他妈一管,他他妈的瞪眼”,此种“言教”实乃“心教”。正如孔子在《论语》中说的:“性相近也,习相远也。”人本来心性差不太多,这样的“教心”必然会产生南辕北辙的“远”距离。

交心也要教心,这是人生教育的一门大课。我们多喜欢言教,立身台上滔滔不绝,一泻千里。批陋习,自己却一口痰吐到台

上;说开短会,自己却讲起来没完。行动是语言的先生,做是说的注脚。无论我们担当什么角色,都不要忘记这样一个逻辑:言教不如身教,身教就是心教。

守望嫉妒

嫉妒不是健康心理,而是负面情绪的一种。一个人情绪被嫉妒所左右,就会出现认知的偏离;如希望被嫉妒的一方出现失误,出现灾祸,越是对方的失意悲哀,越是他的欣喜亢奋;如果对方取得成绩出现幸运,他越酸溜溜,越咬牙切齿。嫉妒恰如偷窥,虽是"钥匙眼儿里看世界",但是它却凝聚了全部的负面情绪。

其实人希望仰慕式的欢呼,也需要远距离的嫉妒,二者都是满足,心理的满足。

曾有心理学家研究过,说女人看时装模特出于两种需要,一是模仿的需要,二是嫉妒的需要。夫妇走在街上,对面走来身材、装束都靓丽的女人,夫妇二人的目光是不同的。男性一方是欣赏,女性一方是嫉妒。我们现在讲"回头率",走在街上回头率越高的女性越自矜越窃喜,但对于那嫉妒的目光,她们不是恐慌,而是会有更大的满足感,所以说——守望嫉妒。

津门词人寇梦碧先生,曾填过一首小词,很欣赏其中的一句"蛾眉妆罢无人妒"。这是很痛苦的心态。"蛾眉妆罢"是女人美容梳妆准备"惊艳"的,然而只有人艳羡,却无人嫉妒,这就等于缺少镁灯的强光,等于没有刺激,更没有心跳。

自然，我们的生活需要簇拥着鲜花的赞美。看过偶像派明星的演出吗？那手持荧光棒的少男少女，那种目光是由下而上的，甚至是双膝跪地的崇拜，这既是遥远的，又是可望而不可即的追慕，远没有毒剂来得更富有刺激和挑战。

因为，凡是嫉妒必然有一个大前提，就是对方已经超过了他。正是因为超过了，又认为自己比对方强，面对事实又不情愿接受事实，这才会产生妒忌。因妒忌而生祸事端比比皆是。春秋战国时期，李斯和韩非同出于荀子门下，因嫉妒，李斯将韩非打入狱中，最终韩非自杀；孙膑和庞涓也是同门兄弟，孙庞斗智结局是两败俱伤的。凡是毒剂，发展到极端必是性格缺陷，人性残忍。但这种极端在正常人中并不多见，更多的妒忌是一种酸溜溜，像狐狸吃不到葡萄说葡萄酸一样，是一种宣泄，也是一种解脱。

嫉妒是与生俱来的，当你发现了对方的嫉妒时，是因为某一方面超过了对方。嫉妒人的一方撇嘴不屑一顾满嘴讥诮，这都是将难过的情绪加以缓解的一个渠道；被嫉妒的常常先是不理解，继而窃喜，进而自矜，最后因被嫉妒而获得满足感。结果是对方的嫉妒情绪填充了不完美，甚至放大定格强调了成绩，完善了最后的评价。

“不遭人嫉是庸才”虽然武断了一些，但起码它概括了情绪的价值取向。当年，拳王阿里用拳头击倒一个又一个对手，在呼唤声中肯定有嫉妒存在。然而，时至今日，当患有帕金森氏症的阿里用颤抖的手，点燃运动会的火炬时，嫉妒没有了。人们的目光中充满爱意，充满同情乃至怜悯。我坚信，阿里多么希望嫉妒的目光死盯着他，要用铁拳证明我是拳王那最刺激。

守望嫉妒，证明你还有人生资本，没有被人生淘汰出局，起码在告诉你，你不是一个庸才。

少些渴望

渴望是期盼心理,同是渴望,一种是退守型渴望,一种是进取型渴望。

举凡一人有病,发烧时说,病就病呗,别总烧呀;待转日又腹痛,又说其实烧也没事,这疼可受不了呀;再几日喘起来了,又说……这即是退守型渴望, 总觉得昨日是追求的临界点,渴望是步步退守的。

举凡交朋友,见面后想,条件可以,要是长相再好些多好;等以上条件满足了,又想个头儿再高点儿多好;等条件又满足了,想,哪怕再年轻两岁……这是进取型渴望,得陇望蜀,"纵然是齐眉举案,到底意难平"。

渴望是目标,也是欲求,无论是"退"还是"进"都是永无止境的事。没有止境的事,就似无底的一个洞,无论你怎样走也走不到底,在渴望的"行程"中非把人折腾得精疲力竭、心灰意冷不算完事。渴望如大旱之望云霓,常说人生四大乐事:"久旱逢甘霖,他乡遇故知。洞房花烛夜,金榜题名时。"此等事掐指一算会恍然大悟,它对人生的几率太小了,几乎只有一次,倘总渴望这些岂

不急煞人也？就像每年3月5日学雷锋那样，只在这一天有雷锋，剩下的364天咋办？即使在这一天渴望满足了，相信明天企盼照旧。

心中一有渴望就有了挂碍，这种挂碍就像摆上一个屏风，封闭了自己也遮挡了别的景致，使眼前的日子暗淡了下来。

生命是“现在时”的载体，它虽然能忆旧，也能憧憬，但每分每秒都在眼下走过，无论是退守型渴望，还是进取型渴望，其实都摒弃了“现在时”，也就是说，他们没能像《泰坦尼克号》电影中的男主角说的“享受每一天”。

享受是生命的专利，但不等于有了生命就能享受。渴望太多，就是生命负重的行走，步履蹒跚步履维艰。哲人说，活着应像散步观景致。这就是说，人活着不是“赶路”，从这个“景点”再急匆匆“赶”下一个“景点”。而是信步闲庭，观赏品味。渴望太多，期望值壅塞于心，上不来气缓不上来劲儿，得到的只能是苦挨苦盼乃至煎熬。说白了，这不是享受而是“活受”。

记得有一段禅话。

一位高僧问众僧，月圆时心情如何，十五后心情又如何？大家七嘴八舌说花好月圆心情畅悦、月缺花残黯然神伤等等。高僧当即说了一首《日日是好日》的诗，道出个中虽浅却深的道理——

春有百花秋有月，夏有清风冬有雪。若无闲事挂心头，便是人间好时节。

在高僧眼里，春夏秋冬每天都是好日子。只要心中清净、没有什么事总挂在心上放不下，每季都好，每天都好，每时都是好时节。

别把生命湮没在渴望中，渴望恰似时下的旅游，总在急匆匆地往下一个景点去“赶”。人生应该是一种舒朗潇洒，一种适情随意，一种随遇而安。生命不可能没有渴望，但不能靠渴望来支撑。“昨天已经过去，明天还没有到来，只有今天属于你。”渴望是未来时，生命在每一个现在时走过，少些渴望，就多些现在的空间，多些享受“现在”的空间。

学会“磨工”

“磨工”是金工车间里车、钳、铣、刨、磨的最后一个工种，多言为活细，做起来不能紧，也不能急，需要慢慢打理。因为其慢，有人在孤单中也有称以“磨”的贬义。然而在生活中，磨工却能练就人的静气、平复人的躁气。

生活中的许多人，每天自己“赶落”自己，虽无定额却有“指标”，虽无检查却很自觉，“力争上游”，搞大跃进似的，如此这般，出活倒也出活，其代价常常是让人躁躁的、烦烦的，连气都喘不匀，信吗？

旧时的磨工是一个专门的工种，清代北京有造办处，专为宫廷制作家具，在这里，木工、雕工和磨工皆同等重要。木工打家具，雕工负责雕花，而磨工则用挫草(中药节节草)，凭双手将雕活打磨得线棱分明，光润如玉。磨工手工打磨出的家具，润泽传神，“三分雕七分磨”的说法，反证“磨工”的重要性。

据老木匠说，做一名好磨工最不容易，他要在最单调的机械重复中，磨出雕件的神采。生活中，我们恰恰缺乏这样的心态，所以就得不到如此的神采。

过日子谁都会,但常常是生活拖着我们走。我们被动地买菜做饭,闲聊闲坐,日复一日。能否像磨工一样坐在那心平气和、不急不缓、一个节奏地磨啊磨,直到“作品”出神入化、精美异常。谁做得到呢?

生活就是重复,今天重复昨天,今年重复去年。你说有目标吧,但又不知目标是什么;你说没目标吧,又慌里慌张往前赶。其实无论是工作还是生活,最重要的是心态。

打的爱和司机聊天,他们说,有时转悠一小时也没有活,越心焦越心急越找不到活儿。此时有经验的司机,把车开到个阴凉地儿不干了,或回家歇歇,再出来保准变个样。其实这是心态变了,环境与情况都随心态而变了。

生活中这样的事太多了。上班或出来办事早出来十分钟,感觉车少人稀特痛快,比预计的时间还能早到会儿。若晚出来5分钟,遇路口就是红灯,赶哪辆车也不顺,即使正点到达,也让人担心起急直冒汗。所以,凡事多拿出个十分八分钟的,用来“磨”,就会平平缓缓的让人享受生活的舒缓。

把做事看作是“消磨”,不仅不会计较耗费的时间,往往慢工出巧匠,完成时反而会精致漂亮。在当今快节奏的环境中,尤需这样的“磨工”。

现在一切事都在用时上缩短了,用最短的时间获取最大的收益,既是社会的进步也是人类的精明。然而,正是这“快”使得“产品”速成,弄得生活“增速”。从物理角度说,凡物体行进速度越快,其自身越“飘”。当快节奏高速度成为生活的主旋律时,生活肯定失去厚重。正因为有人不会在日常生活中作“磨工”,一睁眼就忙擦拭、忙洗漱、忙吃喝、忙锻炼,“无事忙”是消闲中的调剂,“有事忙”只会加重心理的负担,“有事磨”大概最有禅味儿

了。

居家过日子，总有忙不完的事忙不完的家务。无论你怎样努力去做，一觉醒来，一拉窗帘太阳又照进屋里，昨天做完的事又像韭菜一样，刚割完又长出一茬儿。会做的，哼着小曲儿心平气和地做，不会做的，总像有监工的拿着鞭子站在身后，不待扬鞭自奋蹄。若您天天觉得赶落得慌，不妨学学“磨工”。能在“消磨”中做得有滋有味儿的人，其生活一定圆润、舒朗。

炼心与练手

心需要炼，人不炼心，心智不高；手需要练，人不练手，技艺没有。人的一生，就像一个炼心与练手的过程，这个过程能把人分出三六九等。

中国人爱劳心，因为劳心者治人。从孔老夫子时代，就谆谆告诫人们，多读书，就能出任为官。"两手不沾泥，鳞鳞住大厦"，"遍身绮罗者，不是养蚕人"。历史最终还是证明了这一点。直至今日，人们的观念随时尚变了不知多少回，但有一点至今未变，上学念书拿学历，做一名"白领"，即劳心者。

上学是"炼心"，从小升初，至初升高，再到考大学，心理承受了多大压力。这种压力能上溯三代，旁及姑舅叔姨。从十岁一直到20岁，这是个"炼心"的过程，从考试的"梁山伯排座次"，直到"西天取经"成正果。经过这七七四十九天的炼丹炉的烧熔，经过这九九八十一难的磨难，应该是"宠辱不惊，物我两忘"了。如今看来，许多上大学的还乐此不疲地考研，继续接受"炼心"，却是曾经沧海难为水了。

有一点应指出，莫忘练手。

常言道，艺不压身。一招鲜，吃遍天。现在的人往往重学历不重技艺，所以，一说企业管理呼啦啦能顷刻间来一群管理人才，若说找些技术工人(蓝领)来干活，寥若晨星没几个。由此想到，“练手”于人也十分重要。

手，从体积上看占全身的比例不高。然而，没有任何一台其他身体机器能在这样小的空间里装下这样多的东西。手有8块腕骨、5块掌骨、14块指骨，共27块，两只手就有骨头54块，占人全身骨骼总数的四分之一还多，这还不算肌腱、血管、神经线什么的。

人不论是劳力还是劳心，大都需要手来完成。不管它是多么复杂的制作，没有手的参与根本不可能实现。手是人身体最敏感的部位之一，一片比邮票还小的手指皮肤里就有几百万个神经细胞。还有，衡量身体某一部位的重要性，取决于留给它所专用的脑区的大小。人的双手在大脑皮质运动区，占有最大的两个地盘。所以，有“靠手艺吃饭”、“凭双手赚钱”这样的话常挂在嘴边上。

但是，随着高科技的飞跃发展，高智能的科技正在代替人的双手，许多人的工作以用脑不用手为炫耀，殊不知，人脑的进化源于这双手的灵巧。可以这样说，高科技智能化带来生产力迅速提高的同时，也出现了拐点，那就是被高科技取代的手工制作日益在显示它的“高贵”。

曾听过一位意大利时装设计师的讲话，他说，真正的高档时装必须是手工制作，但在意大利，能完成这种手工制作的高级工匠不超过十个人，他们的工资比白领阶层高出许多。他大声疾呼：年轻人，锻造一双巧手吧！

人的“心”在于修炼，人的手在于锻炼。据说，手在人的一生中伸屈关节至少2500万次。那么，魔术师的手呢，工艺师的手呢？

一位大画家开始练画时老师让他画鸡蛋，只这一个椭圆的圆圈一天成百上千地画。最后，将画的鸡蛋重叠起来看时，分毫不差。谁能做到？谁若能做到这般“练手”，必是名人、能人、超人。

多养生少抗生

治病救人谁都明白，抢救人，抢救人的生命；救火也是谁都明白，但细一咂摸就不对了，救火和救人可不同，同样是“救”，一个是灭了它，一个却是让它存活。由此推延开来，养生和抗生却潜藏着一个大哲理。

养生是我们老祖宗提出来的，“抗生”这一概念是舶来品。养生从字面上很直白，滋养、护养、调养身体；抗生是一种对抗，并不是自己与自己的对抗，而是用抗生素与那些危害人体的病毒病菌对抗。养生和抗生、救人和救火情同一理，一个是活的概念，一个是灭(死)的概念。

中医和西医治病疗疾理论的原发点不同，于是就衍生出对细菌病毒的不同观点。细菌是高科技出现才发现的，只有有了显微镜才会看到细菌，中医的望闻问切绝对“切”不出细菌来。西医发现了细菌以后，人类生存大为改观。像16世纪的美洲，西班牙人带来了天花病菌，夺走了墨西哥阿兹特客帝国的半数人口。然而，抗生素在五十多年前出现之后，许多传染病像天花、肺病、脑膜炎及伤寒病等，不再是不治之症。抗生素的出现使人类有了傲视群菌的杀手锏，于是医学界20世纪70年代夸下海口，人类完全消灭传染病排好了时间表。

时间证明，“病菌比人类更聪明”，抗生素非但没使病菌灭亡，而且使之“强壮”起来，这几年抗生素和病菌进行了无休止的“军备竞赛”，竞赛的结果使病菌一代比一代强，抗生素也一代比一代昂贵先进，“抗”得双方“战争”逐步升级。

在健康问题上，自身的免疫能力是第一重要的。我们知道，细菌无处不在，防不胜防，正像养生，注意调养滋养“正气”，健康的躯体最是关键。病了，病菌进入体内了，中医不是忙着杀菌，不是忙着从外边请“维和部队”帮着杀，而是扶助坚固自身的免疫系统，它一旦正常工作了，身体恢复平衡，病菌与之和平共处了，身体还是一个健康的身体。

身体的健康是一个平衡的概念，病毒病菌癌细胞，现代医学认为人人都是携带者，这不是什么可怕的信息。我们如果注意养生，平衡好我们的身体，这些病菌就相安无事，不会兴风作浪。如果仅仅注意“抗生”，认为有事没事“抗”上一把，把病毒细菌统统赶走，像在肥皂、清洁剂、洗浴液中加上抗生素，给牛羊的饲料中加上抗生素，有点什么病就服用抗生素，它替我们扫平障碍，却弱化了我们自身的免疫系统，同时迫使细菌更新换代，一旦真的卷土重来了，怕是束手就擒坐以待毙了。

多养生而少抗生，这是哲学的大命题。治人治国治病和治水是一个道理，大禹当年治水知道了只对抗不行还要疏导。治病养生也有一个不能一味对抗的问题。在《周礼》中有“以五味五谷五药养其病”的说法，这个养是调养，“调养病”听起来和“救火”一样，然而最终是要驱走病，灭掉病，但它使用的方法是用自身的免疫系统战胜对方。

自然就会自在

有一副楹联：打松算盘，得大自在。世界上的大道理许多蕴涵在俗言俚语中，俗言俚语不假修饰、未经思索、故而能得天籁。天籁者，自然也。老子有句很有名的话："人法地，地法天，天法道，道法自然。"乍听很玄学的样子，其实道理很直白。"法"是动词，效法学习的意思。人生活在大地上，固然要"效法"大地，因为人离不开大地的制约；地球是天体，肯定要受天（宇宙）的制约；然而宇宙再大，离不开道（规律），整个宇宙的运行是有固定规律的，这个规律其实就是自然。

自然是一切一切的最高境界，自然是事物本身固有的规律，生活能遵循这个规律，得大自在；心遵循这个规律，自在在心。可惜的是，人追求自在这个自由王国时，却忘掉事物本身的规律，拔苗助长这个成语，就是这类人最好的写照。

正像人的生长很规律一样，不需过多地人为地去"干扰"。前曾见报载，一狗分娩，主妇热心当产婆，谁知狗不领情，主妇帮接生的6只小狗，其母狗拒绝哺乳，全部饿死，它只喂它自己生的那一只。在这些问题上，人不聪明，曾掏过一只小麻雀精心喂养，很快死了，然而老麻雀却能健康地一代一代将麻雀养大。这说明，在地球几百万年的物竞天择中，自然界一丝不乱，严丝合缝，环环相扣，节节相连，我们一插手，就会毁坏自然状态造成后果。

最近上海某科研单位抽样调查显示，上海市66%的孩子身高不理想，而有近两成的中学生竟然提前停止长个儿。专家披露，食用什么营养液，吃了被人用激素催过肥的果蔬，以及过量补充钙制品就是主因。人这么折腾不仅“不长个儿”，还有“性早熟”，这些都是什么惹的祸？就是心太急了，不按照自然规律，一门心思增加营养就等于蔬果的催熟，准没滋没味；就等于急火煮饭，非夹生不可。

世界有它本来的节奏，食物就有自身的规律。现在什么事都想违背自然规律搞“速成”。前些年，津津乐道40天就能将雏鸡养成足斤的肉鸡，作为科技成果推广。但大家越吃就越觉得不是味儿，最后最受欢迎的环保绿色食品，是用最原始的散养的办法喂养的鸡。外国人异想天开，用牛的内脏制成牛骨粉喂牛，够先进也很科学还很经济，万没想到喂出来个疯牛病，把西方人餐桌搅了个天翻地覆。

人活着很像照相，在镜头对准人的时候常说“自然点，自然点”。其实这个“自然点”很难。它是让人放松复原到不修饰、不做作、不经意的状态下，你越想自然肯定会不自然，自然是在没有意识状态下浮现的，若谁能顺其自然，能自然而然，他一定是个得大自在的人。

现代人喊累嚷烦，有着深层面的心理因素，化妆、美容、瘦身、时尚，哪一样是自然？它旨在破坏人的自然状态，重塑非自然的造作，它的代价就是让人失去自在。弥勒像前，必有“自在在心”、“得大自在”的匾额，你看他：笑口大张，肚皮大露，坐姿随便，光头跣足，一切都很随意。不刻意追求就轻松，轻松于身于心就是自在，当人自在在心时，当然自由、畅快、自然了。

想自在吗？求自然。

本色不累

京剧脸谱是将人的本色描画到脸上，凸显特征、公示性格。大花脸出场，端肩、乍臂、高抬腿，几乎是横着走，其粗犷并霸气、威武并狂傲的特色凸显出来。将本色涂到面颊上的，累吗？能不累吗。

本色不累。

天地大戏台，但生活不是演戏。据考，戏剧萌芽可追溯到先秦的乐舞、俳优，汉魏时期的百戏、角抵戏，以及隋唐时期的代面、参军戏等。宋以后杂剧出现，直至元明清三代，戏剧久盛不衰，各种地方戏曲剧种加起来，多达317种。剧种虽多，有一点是相同的，唱戏都必须“打脸儿”，“打脸儿”就是突出角色特征，将角色的本色再演出来，最累。

人的本色与之正相反，生活不是演戏，不会累，但若将演戏带进生活，累死人。

当下的时髦词，将演戏的术语“表演”叫做“作秀”。作秀不是本色，是本色绝对不需作秀。凡作秀表情动作必须要夸张，并局部放大。如赵本山演的老太太，眨眼、噘嘴、驼背、走路腿颤。走在街上见哪位老太太像赵本山演得那样？没有，这就是唯恐不像，将“缺欠”放大定格。

一次，一位文物鉴定专家说，做假画的肯定要强调画家的“缺欠”，像徐悲鸿画的奔马，前腿伸直向前，这是真画的缺陷，但做他的假画者，就得夸张这个“缺陷”。凡假的东西做得“太真”就可断定它的假。

人的本色是自然，凡自然就无需夸张、无需强调，一切就像行云流水，疾徐舒缓，随风就势，无一丝造作。自然是一切物体的松弛和无意识状态，在这种状态下本色就凸显出来了。

少女、少妇，是两种心态、两种形态，少女总欲扮得成熟些，就化妆就装扮，就像揠苗助长，累人不说，结果适得其反；少妇总欲装嫩、装天真，能不累吗？

其实，本色即是不累。

其实，本色最是动人。

然而，谁能以本色示人，谁敢以本色示人呢？许多人终生的一个误区，就是走不出“戏台”这个圈儿，脱不掉“演戏”这身行头，总像那大花脸，冠盔上插着翎毛、项上排着彩旗，不如此就不威风。所以许多人喊仕途上难、官场上累，这是花架子闹的。焦裕禄当年在兰考，甭听事迹只看照片，那笑容亲切，颊上无粉彩之美，那穿戴普通，无故意做作之嫌，这就是本色。焦裕禄之累累在黎庶生计上，而有些人累在装模作样上。

无本色的人生是最可悲的人生，袒露本色即便是错也似孩童的天真，是可爱；矫揉造作、拿捏作态，自以为完美，其实即使不是可憎也是可怜。将人生看作是演戏，用五彩斑斓的戏装遮身、用装腔作势的“京白”代替真话、用一场提前修编好的戏的程式来演进工作，“演”得再逼真，缺乏本色，即使有掌声，估计“台上”已大汗淋漓、声嘶力竭了。

所以倘您感到活得疲惫不堪时，十有八九在提着心吊着胆绷着劲儿呢。回归本色吧，因为本色不累。

心痒最难医

苏东坡曾说“人俗不可医”。人的俗雅是形而上的东西，针砭草药是不可及的。一涉及到这些，医药常常是无可奈何的。再譬如：天上有星临薄命，世间无药医相思。相思病既然称病，必然有让人难受的症状，但什么偏方什么草药能治这病呢？没有。再说人的痒，皮肤瘙痒可治，像马三立相声《祖传秘方》，最后包袱一抖，秘方是一纸条，上写挠挠。其实想起来，对痒来说，最好的“医治”手段就是挠挠。

然而，心痒却是挠不可及的。

人，常常心痒。

心痒的病症是什么？说到根儿上是忍受不住的欲望，如《水浒传》中的武松，最爱饮酒，在他血溅鸳鸯楼，杀了张都监大小十几口后，来到一家酒肆，“闻了那酒香味，喉咙痒将起来，恨不得站起来抢吃”。这喉咙痒就是心痒。

有一惯偷，被捉后在公安局审问，此间将警察的手表偷了过来。问他，答说见物不偷就手痒进而心痒。

中国的传统医学讲究辨证施治，讲究寻找病的主症源头，比如说牙疼,西医认为是牙龈发炎或是口腔溃疡引起的,而中医不单纯认为是牙病,有的是由内脏引起的,所以要治它的病源而非它的病灶。

心痒何尝不是如此。

前文举例,武松闻酒香:"喉咙痒将起来",小偷见手表手痒,这些寻源是心痒,若再追下去,心痒是什么?

看《西游记》,在西天取经路上,一路心痒难耐的是猪八戒,他见财心痒、见色心痒,说到底是俗根未除、欲心太盛。人的欲心盛必然心痒,心痒又无药可医,所以说,心痒虽非绝症,却也是一个难医的病也。

人说来也怪,眼睛总是朝着道德卑下的东西转,连孔圣人都说:"吾未是好德如好色者也。"宋代抗金名将岳飞,从未纳妾续姬,曾有一使臣来到他的军营中,满以为在宴会上必会有歌姬之类出来侑酒,像别的大将招待使臣那样。然而直至宴会结束不见一个女子。似岳飞这样行廉德高之士,当朝有几人看着心痒想效仿?没有。倒是许多人想与当朝那些富人阔人比肩。有个叫王黼的,在宋徽宗赵佶朝中做了五年宰相,所养姬妾之多,所储金帛珍异之多,几乎能和赵佶一比高下。王黼倒是令很多人心痒。一官心痒众官从之,只宋徽宗一朝就有蔡京、王黼、梁师成、童贯等大贪官。

一朝如此,一人也如此。倘人总是心痒,就像癌症早期患者,一定要尽快医治了。问题还在于,我们处在一个令人心痒的环境中,在"大锅饭"年代,年龄般般大,工龄差不多,薪水一般齐。现在不然了,可能同是40岁,有的是大款,有的却是低保对象。加上人与生俱来喜"心痒"的天性,都爱与大款看齐比肩,如此一来,"心痒"者多,能不让人忧虑吗?

心痒难医,但并非不可医,但医“心痒”全在个人,时时戒律些,时时警惕些,正如陈毅所讲的“手莫伸”,若将此三字作为偈语参悟,或许是止心痒的灵丹。否则总是心痒,也是件难耐的事,因为“痛能忍,痒难忍”啊。

书把心垫高

有一个电影镜头至今铭记,《列宁在十月》中,列宁睡觉前准备用书垫高头部以代枕头,忽然翻到一本书,他说:这样的书只配垫脚。书籍从物理角度说,能把人垫高。然而,书籍真正能把人垫高的是心。

中国人自古就对书有着近似图腾般的敬畏,正像爱屋及乌那样,由敬畏书而到敬畏读书的人。在农村,旧时最被尊敬的人是老师,因为老师是读书人教书人。穷人敬畏老师,富人也敬畏老师。富人家的家庭教师其地位是与这家主人平起平坐的,所以中国人一生可以跪拜的,也是必须跪拜的乃"天地君亲师",君是皇帝,亲是双亲父母,师是老师。男儿膝下有黄金,但对于老师是要磕头行大礼的。老师享受到与双亲与帝王同等的待遇,根结何在?这皆是书籍把老师的地位垫得如此之高。

书把人垫高,书更把人的心垫高。

人不读书一生没有地位,尤其在唐代,再有钱也没有读书人的地位高。有一首诗说"老大嫁给商人妇"。是说青春年少时并未垂青富贾商客,而是等"老大"甚至是徐娘半老才嫁给他们。读书

人的地位是至高无上的。所以,无论是有了科举制度以后,还是在它之前,读书成为出人头地的第一等要事,“万般皆下品,唯有读书高”嘛。

读书首先把人的心垫高。诸葛亮是个读书人,他虽自称南阳乡野村夫,绝非“躬耕田亩”之人,而是一个“高眠卧不足”的隐士,即隐居的书生。诸葛亮当了丞相告诉儿子的第一句话就是“志当存高远”。这个“志”拆开就是“士心”,是读书士子的心,心志要高要远,怎样高,怎样远?无非是“读书”两字耳。

读书能打开人的眼界,清人有诗云:“一日不读书,胸臆无佳想。一月不读书,耳目失清爽。”读书是让人掌握自己身外的世界,游历在“佳想”之中,他很像一个梯子。让我们能借助它爬得很高,眼界宽了,胸襟阔了,志向高了,此时的人,就会有了目标。书籍把人的心志垫高了。

心志一旦高远,循环往复的原地“绕圈岁月”会得以改变,或往远处延伸或往高处伸展。春秋战国时期的苏秦是最典型的例子。按照惯例生活,苏秦的父兄或经商或务农,也颇“小康”。然而苏秦读书,知道除经商务农外还有一个大天地。可是他第一次游说各国君主铩羽而归,弄得“妻不为炊,嫂不为饪”,父兄讥讽。然而苏秦“发悬梁、锥刺股”发愤苦读,二次出山游说,佩六国金印,衣锦还乡,妻嫂跪接,父兄们诺诺连声。为什么前后态度有霄壤之别?皆因读书垫高了他的地位。

读书能垫高人,是实实在在的,想矮下来都不行。像北京大学的一位毕业生,毕业后几经周折最终以卖肉来维持生计,此事引起轩然大波。这若在国外恐怕不会这样惊诧,而在我们这里,一个被书“垫”高了的名牌大学生,再“矮”下来,就会是众人都不能接受的现实。

书把人垫高,是读书者心的充实智慧的提升,它最终把人的眼界垫高。眼高必然心高,心高常常能借助知识的梯子提升自己的社会地位和生活品位。没有书作依托的“心高”,不免要做“心比天高,命比纸薄”的叹息者。

能读是福

读书读报读杂志，一个读字颇能察看出心态。“好书不厌百回读”，当然是书吸引人，但必须还要有一颗能被书吸引的心；“板凳要坐十年冷”，并非是书吸引人了，而是有求知求学的刻苦精神。

不管怎么说，能读是福。

老祖宗早就直白地告诉我们：书中自有千钟粟，书中自有黄金屋，书中自有颜如玉……这比现在的广告还广告，诱惑力和煽动性均很强。从古至今，多少人就是通过十年寒窗而一举成名天下知的。那么，为什么许多人还是不读书呢？明明知道读书读好了能穿裘衣住大屋娶美女。

读书需要两样重要的东西，一是钱，二是心态。这里说的钱是广义的，即生活富裕或生活有基本保障，当然了，还需有社会大环境这个大前提。别说兵荒马乱闹日本，就是赶上个“文革”，想读书，家有千贯读得了吗？再有就是能坐下来读。再好的条件坐不住、心浮气躁，书根本也读不到心里去，一切白搭。

读书是家门之幸，是个人之福。千金能买良驹宝马，但买不来想读书的心气儿。中国有句俗话,富不过三代。为什么说殷富之家过不了三代?因为从第二代就开始享受了,吃喝嫖赌挥霍,谁去读书?“忠厚传家久,诗书继世长”,这副对联大户人家都刻在大门上,出来进去让人去读去想去咂滋味,唯有“诗书”能把家业传下去。这是有先例的。中国近代大学者梁启超很崇拜清代名臣曾国藩,认为他是教育子女的典范,甚至编录了一本《曾文正公嘉言钞》以教育儿女。梁启超告诫子女:“要吃得苦,才能站得住。”梁本人一生苦读勤写,虽仅活了56岁,但著述有一千多万言,至于他读了多少书,根本无法统计。梁启超的人生成功不是赚了多少钱、当了多大官、写了多少书,而是以出色的教育使9个子女个个成才,涌现出三位声名卓著的院士。而今,梁氏家族第五代在学术界已崭露头角。

“人无三代富”,而梁启超的第五代仍很有出息,这可不可以得出这样的结论:能读是福。

能读是福,这个福并非人人皆能享。小时读课文《高玉宝》,知道穷人家的孩子读不起书,也知道富家子弟不好好读书。联想到现在,多少家长在那节衣缩食供孩子上学,而却有一些学生泡吧上网讲吃穿,没有他不能玩儿的,唯独不读书。谁见了这样的孩子,怕是从心里说一声:太薄福了。

看电视可以消磨时间,上网交友聊天可以解除无聊,而读书,读那些品位高的书,确确实实让人心澄虑静,远躁避喧。常听人说,现代人活得太躁,坐不住站不住的。我们知道。读书是要坐定的,只坐定还不行,还要定睛定心定神,这样书才能入目入心入脑。记得一位心理学家这样说,想治浮躁么,你去读书,硬着头皮读下去。直到读进去时,浮躁不治自愈。

读书是行为,其行为是连接心理的长桥,这座长桥与人生的

洞天福地相通。许多哲人走过它，许多文人走过它，许多常人也走过它，且不论命运如何，有一点是共通的，那就是它能把人送到物我两忘的宁馨港湾。

茶能润心(一)

在《红楼梦》中有一段很著名的饮茶论述,即“一杯为品,二杯即是解渴的蠢物,三杯便是饮牛饮骡了”,这就是说,茶不是用来解渴的。

现代人饮茶第一大功能也不是用来解渴, 多是用来养生健身的。最流行的做法是,终日茶杯不离手,并非口渴,而为的是多饮茶多小便,起到排毒作用。其实,人的身体不同于抽水马桶,哪能多冲几次就比少冲几次干净了。这大概是想当然或是简单推理得出的直观结论。水进入胃脘要吸收要化解,大量摄入的水要增加肾脏的负担, 对身体并不利。所以明代医药学家李时珍《本草纲目》中说:“若虚寒及血弱之人,饮之既久,则脾胃恶寒,元气暗损,土不制水,精血潜虚,成痰饮,成痞胀,成痿痹,成黄瘦,成呕逆,成洞泻,成腹痛,成疝瘕,种种内伤,此茶之害也。”说白了是,凡阳气足身体壮易上火的人多饮茶能“败火”,有益;体弱脾胃虚的人适得其反。当然了, 个人都有一个长期形成的习惯,无可厚非。但有一点,饮茶人须当记取——茶能润心。

口渴易解,喝一杯水就行;心渴难解,唯茶能润心。

饮茶是精神享受，离不开心境、情境、环境。鲁迅先生说：“有好茶喝，会喝好茶，是一种‘清福’，不过享这种‘清福’，首先就必须练功夫，其次是练出来的特别感觉。”享受饮茶的清福，说到底是享受一种感觉。鲁迅的弟弟周作人进一步发挥道：“我的喝茶”却是在喝清茶，在赏鉴其色与香与味，意未必在止渴，自然更不在果腹了。”饮茶不仅只为止渴，更不是填饱肚皮的事，是精神层面的形而上的。

人类社会越发展，物质会越来越丰富，粗茶淡饭只是温饱尚未满足时的无奈。一旦温饱了，进入小康了，人们需求的精神生活就凸现出来，于是就有追求。饮茶由原来富人文人官人的专利，变成为大众的需求，但饮茶恰如鲁迅先生所言，是“练出来的特别感觉”。

饮茶不仅止渴，还能润心，这就是“特别的感觉”。在这波诡云谲的商品时代，尤需这“特别的感觉”。鲁迅先生说得很准确，这感觉是享清福，这清福不是洪福，不是艳福，清福就是适心适意，消烦除躁，让人平心静气、万虑皆无。苏东坡总结得最妙：“意爽飘欲仙，头轻快如沐。”这般境界如不是润心，润舌能达到这般境地吗？

润心让人无焦渴之感。常言说，酒解愁肠，茶能破睡。酒是消愁之物，但“借酒消愁愁更愁，抽刀断水水长流”。茶却不然，茶要的是品，是慢功。它让你在急剧旋转的旋律中突然平缓下来，面对着不疾不缓的蒸汽升腾，目视着舒卷随意的茗茶，徐啜一口那微香初起苦而后甘的茶，独饮是一情调，三二好友同饮又是一情调。在这快节奏的社会中，最难得的是一方润泽平和的心境和一个静谧安然的环境。

饮茶是生理需要，但若当作享受，能有“特别的感觉”，是一种修炼,这并不高深也不玄奥。其实这更是心理需要,当人们陷在高速运转的物质世界的大吞大吐中时，当人们在情感的嘈杂喧嚣中丢失自我时,我们的心最需要的是清泠清亮的茶,给人以静净,给人以平缓,醒脑润心。

茶能润心(二)

心常有干涸感，有典故叫“江郎才尽”，是说文思如泉涌的“江郎”文思干涸了。通常说吸烟提神有助思考写作，我说茶不仅解渴，还能润心。

现在强调茶的保健功能而忽略了它的健心养心功能，似乎缺失了饮茶的一个重要方面。

在日本曾亲历了一次茶道表演，初观颇觉小题大做，煞有介事。几位女士穿着郑重其事，表情凝重肃穆，动作一板一眼，一点点茶，一点点水，竟然折腾来折腾去，许久许久才能饮上一小盅。然而，很快融入其中，让人的心静下来，随着其节奏在游走，浮躁没了，不屑没了，茶之味道也变得异样起来。

润心离不开一个用心。

有人这样调侃，说中国人做事的态度像游戏，外国人做游戏的认真劲儿像做事。这里有一个用心不用心的问题。还说日本，日本这个民族是个万事皆认真的民族，大事小事均不含糊。一留学生讲过这样一件事：在日本垃圾要分类装袋的，一次，他将一只玻璃瓶误装进了易拉罐的袋子内。房东主人听说大惊失色，跑出房屋折腾一阵弄好了才回来,她说易拉罐要压扁运走,玻璃碎在其中很麻烦的。在些微小事上用心,故而能在像茶道、相扑等上,一丝不苟恪守古训,历经百代而毫不走样。

由此再回到饮茶上来。有了一个用心，就能得到一个润心。

心的干渴和口的干渴不同，口干舌燥做一通牛饮立刻舌底生津、浑身通泰。然心的干渴,绝非"饮"的问题,其需要"润",所谓的润就是一种温和的、不露形迹的浸润氛围,说到这里,可以再谈饮茶了。

历来茶有茶禅一说,将饮茶与禅道联系在一起,其实个中没有深不可测的玄学,用最浅显的话来说,就是一个环境与情境的问题,说到底无非像商品的装潢、包装,增加郑重的心态、珍视的心态而已。日本的相扑和茶道一样,有许多繁文缛节,让人油然而生虔诚崇敬的心态,由此想到我们的端午节的赛龙舟,一般由领导讲话,之后发令枪一响拼命划桨便是。用力倒是用力,但除了它的胜负外,还有其他什么形而上的东西吗?

若想润心,必先用心。用心造就氛围,正像春雨,没有氤氲的云气,没有冷暖空气的交汇,没有温润的地气,不会有"润物细无声"的春雨。饮茶何尝不是如此,日本的冈仓天心在《说茶》一书中说:"在乳白色瓷器中的液体琥珀里，精于茶道的人将品尝到孔子的惬意的宁静、老子的犀利淋漓以及释迦牟尼那飘渺的风韵。"其实,当我们怀着虔诚的心,面对琥珀色的茶时,就会自然而然生出一种感受,或宁静、或淡泊、或安然。

当然了,饮茶固然是饮茶,离不开解渴的初衷,但是,能否在摒除白日的一切俗念后,用心泡上一杯好茶,细细品啜,定有几分清新浮上心头;能否在碌碌一周之余,于"难得浮生半日闲"中,或

与一二茶友高谈阔论百无禁忌,必能让心田涌起一片润泽。

会生活的人能在众人都能做的事情中感知天趣，走进闲适舒朗之境,常活在闲适舒朗中的人,心能不润乎?

放下心来活着

在超市,一位女士一边挑选食品,一边与报纸核对,原来,报纸上曝光的不合格名单她都剪了下来,买一样什么就核对半天。并和同来的人嘟囔,这成天价揪着心,谁知道吃到肚子里的都卫生不卫生。这样揪着心活着的人绝不仅仅是这位女士。

人要是坐在家里想,这个世界真是挺可怕的。出门旅游,若赶上元宵节北京密云一下子踩死一百多人的事,后脊梁就出冷汗;无意看电视,生产塑料袋的原料是脏得再也不能脏的废旧塑料桶,甚至还有医院的医疗垃圾,不禁一阵恶心;坐在家里该没事吧,一个妇女看了有关螨虫的报道,觉得从房顶到地板再到床单,到处是螨虫,吓得茶饭不思一个劲儿地洗这洗那。

由此想到有关"安心"的一段禅话,二人坐禅,师父问他们"心安何处?"二人翻来覆去,不知心"安放"在哪里好。这不是什么玄妙的事,一位大名人留着胡子,有人问他每日睡觉胡子是放在被子里还是放在被子外?及到晚上睡觉时感觉放在里面不适,放在外面仍不适,直直折腾了一夜。这和"安心"一样,你越想把"心"放在一个最合适的地方,你越找不到,反而不安心。

其实世间的很多事就像那“胡子”，你越折腾越没结果，你不介意时自然有它最佳位置，正所谓“我自无心于万物，何妨万物常围绕”。

讲到这，可以说“放心”二字了。

人把心放下来很难，陶渊明说：“人生不满百，常怀千载忧。”人活不到一百岁，可操心能操到一千年，这就是说至死都放不下心来，更何况活着呢？许多人喊累，症结就在这里。

前文所讲的“安心”就是安放的意思，把心安放在一个最好的地方，人安心了，也放心了。中国话非常有嚼头，放心一词固然都明白，不放心呢？就是揪心、提心、担心、操心，都有偏旁“手”的参与，这就是说，不放心需要用“手”去揪着、提着或担着，占着人的手。若一个人整天用手揪着心去生活，能不把人累死？所以说，不放心的人生是最疲惫的人生。

放心不是“破了脑袋用扇子扇，豁出去了”，而是先放宽心，心一放宽就能放稳，先稳住了心不慌神，就不会失去理智惊慌失措。像突如其来的“非典”，现在回想起来，我们当时的生活有没有“过激”之处？这种“过激”倘不矫正是不是已照搬到我们的生活中？一旦成为我们的日常程序，敢问一句：您累吗？

一部《西游记》写了孙悟空从出世到成正果的一生，就是人从生到死的一个过程。有喜悦(进天宫当天官)、有叛逆、有皈依，更有那九九八十一难。人生何尝没有七灾八难？每天，我们都要生活，生活就要发生生理需要，如果说生活水平提高了，吃喝不愁了，反而整日怀疑吃的是不是真“绿色”、喝的是不是真“纯净”，甚至连气儿大概也不敢喘了，因为空气也有污染嘛。

拿着显微镜生活，肯定会活得战战兢兢、心惊胆战。生活应该细心小心，但不等于揪心。可以这样说，生活提高了，物质丰富了，反而活得不舒心、不松心了，恐怕没吃出病来先吓出病来，在这里是不是也需要这么一句话——

是福不是祸，是祸躲不过。

识得菜味心性安

菜与心性有何关联？风靡至今的《菜根谭》并未作出直接的回答。虽然它的注解、诠释、译文不下几十种，但仍有人大惑不解，这“菜根”怎么就和人生联系上了？菜根有什么堪诵堪咏，乃至可歌可泣的呢？

首先应说明的是，今人有关菜的概念和古人菜的概念截然不同。今人的健康理念是“多蔬少粮”，意思是多吃蔬菜少吃粮食，这样可以摄取大量的维生素，利于身体的健康。另外，多吃蔬菜是生活水平提高的表征之一，现在若哪个家庭还以吃主食为主，只是炒一个菜，那肯定是低保户。

古人的菜的概念却是补粮、肉之不足，以菜代粮、以菜代肉。那个菜的概念不是现在的蔬菜，而是野菜。

前些年忆苦思甜、控诉万恶的旧社会时，都是说吃糠咽菜、糠菜半年粮。这菜不是茄子、辣椒、西红柿，而是大地上的野菜。小时候读课文揭露资本主义的罪恶时，说贫苦的劳动人民都吃黑面包。后来改革开放到国外一看才知道，黑面包是全麦粉的，属于高营养食品，富人食用的。但糠菜在中国却是穷人的“粮食”。作为一个文人或是官人,总之是有一些财产的人,能够“咬得菜根”,识得菜叶,就是一个哲人了,因为他懂得饥饿贫困。

在“重刻《菜根谭》原序”中,作者这样说:“古人云‘性定菜根香’。夫菜根者,弃物也。如此书,人多忽之。而菜根之香,非性定者莫喻。如此书,唯静心沉玩者,方能得旨。”性定怎能菜根香呢?这隐蕴着一个大道理,人性定而不浮躁,不浮躁什么金钱地位都不能使之动,再咬嚼那或苦涩或无味的菜根时,也觉得意得志满香甜无比了。

能以苦作甜,苦中为乐,反其道而行,这需要的是心性的安定。

人的心性都是攀高比阔的,一些人其实很富有,但终生与更富有的相比附,于是他觉得他是个穷人。人穷也不是什么可怕的事,怕的是心不安于穷而又咬不得“菜根”,这般活着必然嫉富仇富,不仅吃菜不香,甚而吃肉也不香。

识得菜味,生活虽淡而不淡,唯有这般生活才久长。记得曾与一名画家谈起家常饭,说唯有家常饭一生吃不腻,为什么?就因为它味淡,唯味淡才能久吃而不腻烦。然而,终日满汉全席、鲍翅熊掌,不出三顿必然腹满脘胀、口舌生疮。所以,家常饭堪称“大饭”,就像圣贤书是“大书”一样,总吃总不腻且总有营养。

识得菜味,就识得民情民瘼。常有一些人刚当两天官,刚有几个钱,就忘了菜味。挥霍无度,暴殄天物,心浮必然气躁,气躁必然口舌无味。识得菜味,口舌清淡,口舌清淡必是胃肠清淡。从祖国医学上说,胃乃人体上通下达的枢纽。胃气轻清者上浮,神清气爽;胃气重浊者下沉,使大小肠通达。这样的人是健康的人。

识得菜味,心性必安。其一为体安,体内上浮下沉代谢有序,

有何不安;其二为心安,安贫乐道随遇而安,心安而万念安。所以,“性定菜根香”不是虚妄之言。人的心性一定,不仅菜根香,还觉得人情暖、亲情亲,整个世界都在冲着他笑。

识得菜味万事成

人必识得菜味嚼得菜根,这样的人往往能成大器。其实这是比喻人能蹲下身子,能吃得下苦。现在有识之士提出磨难教育,不仅是让人受皮肉之苦,最终是要“苦其心志”,最终达到“增益其所不能”的目的。

曾接触过一些外国孩子,他们对环境的冷一些热一些并不在乎,对饭菜的适口或高档与否也不大在意,这是人成才的一个重要因素。人的目光总纠缠在一些吃穿问题上,肯定没有大出息。如今在日本在韩国,对孩子的忍耐力、意志力等心理方面的要求很高,认为这是走向社会的“必修课”。论生活水平,他们比我们高,但是他们要让孩子懂得菜味,识得菜味,说白了,就是不让你养尊处优,不培植你的优越感,从小要让你尝尝野菜的苦涩,体味一下这菜根的淡味。如此人方能干大事成大事。

由此想到了唐代的李泌。他身经玄宗、肃宗、代宗和德宗四朝,辅翼朝廷、策划宫室。他非常博学,天宝年间待诏翰林,专讲《老子》。一天他在山寺中听到一老和尚念经,这是一个做苦工的老僧,平时收拾别人的残羹剩饭充饥,吃完了就睡,人称懒残。一天深夜李泌独自造访,见懒残禅师用干牛粪当柴烤芋头,李泌一声不响跪在一旁。脏兮兮的懒残边吃芋头边骂,忽然转过脸递给他半块芋头。李泌恭恭敬敬接过来,一点不嫌脏地吃下去。懒残说,好,好,不必说了,看你很诚心,许你将来做十年太平宰相吧。由此又想到了汉代的张良,张良遇到一老人,为他拾鞋、穿鞋,忍气吞声的,结果也是如此。

这里蕴含着人生大道理。作为一个有大作为的人,一开始都是虚心的,虔诚的。尤其到了高位,还识得菜味,还咽得下苦忍得住脏, 这个人必能做出了不起的事。明代大才子唐伯虎曾写过《爱菜词》,语句不乏调侃,但用意很明白,他说:“菜之味兮不可轻,人无此味将何行?士知此味事业成,农知此味仓满盈;技知此味艺业精,商知此味货利增。但愿人人知此味,此味安能别苍生?我爱菜,人爱肉,肉多不入贤人腹,厨中有碗黄米粥,三生自有清闲福。”

唐伯虎列举了士、农、技、商。谁知菜味谁就能成功。因为,无论是谁了解了世间下层人的疾苦,就能够奋发努力,反之呢?不知菜味,就不珍惜。中国传统有“惜福”一说,你珍惜柴米、珍惜友情、珍惜动物,福自然至。反之呢?你脱了贫,你有了钱成了大款,忘记菜味,忘记贫寒,忘记友情,其实此时福已尽了。为什么富不过三代?就是这些人忘了菜味,子不贤孙不肖,挥霍无度,暴殄天物,忘乎所以,最终一塌糊涂。人的那点儿薄福很不禁折腾的。

识得菜味是人生大课, 弘一法师曾有一句诗:“须知世上苦人多”,作为官员作为大款,若常将这句话装在心中,就等于品得菜味装着菜味,什么事准能成功。

远的不说,从红军、新四军、八路军直到解放军,吃草根、吃野菜，简直是家常便饭。这样能不识菜味吗？正因为知道，打出了革命的天下。

识得菜味万事成，将来的成功人士不是享受者，而是善于吃苦、敢于吃苦、在任何情况下吃得下苦的人。

心别自缚

人为什么自己把自己绑起来？一般是犯了罪，或表示自己有罪，所谓自缚，是心甘情愿的，抑或是迫于无奈的。像史书中，当城守不住了，城中的太守什么的自缚出城，不仅表明投降之意，还有认罪之成分。

生活中，谁能自己绑自己呢。倒是心常常自缚，捆得人上不来气儿呢。

人活着很像蚕，本来舒舒展展的，偏要吐丝，吐丝做什么呢？作茧自缚。人生下来毫无负担的，想哭则哭，想拉尿就拉尿。但越长越大，吃喝拉撒睡逐渐地被规范起来，不允许越雷池一步；上学了，必须要约束这颗心，不能三心二意，不能上着课想着下棋，也不能下着棋时想什么鸿雁飞来这些事。久而久之，心就被“缚”起来了，一开始还挣扎着想挣脱，到后来不绑上还睡不了觉。这像不像襁褓中的婴儿，不捆成个“蜡烛包”，他们反而睡不踏实？

人总在变换不同的“场”，把锻炼场变成竞技场，把生活场变成了官场，凡事同一化格式化了，心不知不觉被“缚”了。心自缚，其实就是心的不放松。曾记得有一位同窗，天天早起锻炼，他的原则是,必须把心脏折腾到每分钟跳120下。如此一来,游泳必须游得直翻白眼儿,跑步必须跑得上气不接下气,说是要有耗掉上千卡路里(热量)的恒心。本来是业余的放松,弄得比专业还累了,别人看着都难受的事,自己肯定好受不了。

还有一种自缚是家庭官场化。国庆是结婚高峰期,去参加一个婚礼,当女方家长讲话时,活像会场上领导讲话,手势、姿态、表情乃至语气、用词和时间,别人听得很累,估计他自己也轻松不了。后来一打听果然是位科长,在家也常"拿"着架子。

这是不是一种自缚?

人别"拿"着,心别缚着,文武之道,一张一弛。心也像一张弓,总拉紧让它张(绷)着,那弓弦会断的;再反过来说,弓总处于松弛状态,常年闲着,弓弦老化得快。所以,心张弛有度常需调节一下,改换一下常态,人才能健康。劳累之余,像伸伸懒腰打打哈欠,闭目养神聊天胡侃,都能算是放松算是解缚。

心的放松绝不能看表象,和尚的打坐是放松吗?愚以为不是。参禅打坐是和尚的一项功课,就像我们上班一样。打坐让人万念皆无,是驱除赶走杂念的过程,是心中的大扫除,需要不停地扫呀赶呀,很累的。就像很多人,坐在家中电视机前,闭上眼像是休息,真的休息了吗?可能是在运筹盘算,可能是在琢磨算计,也可能是在钩心斗角,很累很累的。

心不自缚不是表象的轻松,也不是看他在娱乐还是在健身。打麻将是娱乐吧,坐在那里紧张亢奋,若是有赌博在其中,怕是刚刚在明争暗斗的商战中下来,又误入这明争暗斗的方城中了。所以,这一切并非不是自缚,心不自缚,需要的是彻底的淡泊。

淡泊是对名利的淡然,是心灵解缚的最好良方。名缰利索首

先绑缚的是人的心，你对一切恬然处之了，它捆得就松，心的自由度就大，人自然会轻松的。正所谓，心不自缚并非难，淡泊在前天地宽。横躺竖卧由自己，嬉笑怒骂真泰然。

心病还须心药医

世界变成了数码,这个数码世界真的让人"忽悠"起来,"坐家能旅游,不踩台阶就上楼"。不久的将来,据说鼠标一弄,万事搞定。说到舒服享受,从三皇五帝,从秦皇汉武,直到乾隆慈禧,谁比得了当今?然而,身适未必心适,身无病并非心无病。

生活世界的技术系数变得越来越简单,那么与之对应的人长此以往就头脑发达、四肢简单起来,目前越来越少的技师技工很说明这一点。头脑都发达起来,社会还会单纯吗?"天人合一",社会这个"天"与社会人是统一的。正像食性复杂的人造就人类复杂的大脑一样,复杂的大脑也造就一个波诡云谲的社会。人在这么一种环境中存活,越来越依赖这一高速运转的大脑,"心之官则思",就是说,得到高质量的生活要动心思,要动心计。正像一件东西,总用总用,能不出毛病吗?出了毛病这就是"心病"。

心病无药可医。

一些老板睡眠不好,吃安眠药是下下策。于是应时推出什么桑拿、按摩的被动疗法,强迫肌肉大脑放松;"出汗"一族用增大

运动量来缓解紧张，这些固然有效，但总是治标不治本。

一些官场上的人总喊累，不是四肢累，而是累心。眼盯着上面，逡巡着前后左右四面，还不敢不看着下面，一双眼睛在三维空间的六面中转悠，心能不累吗？心一疲乏就容易得病。官场上的心病症状大多是“办公桌背到家里”，把“工作请到梦里”，这般24小时“值班”不是病态还是什么？

这些时髦病官场病老百姓还真不理解。《红楼梦》中描写了一位劳动人民刘姥姥，这刘姥姥进大观园，看到这些男不耕耘女不针黹、天天吃山珍海味的男男女女，让她不解的是这些娇贵的人整日价难受“北受”，就像刘姥姥摔了一跤后，贾母赶忙说让丫环们捶捶腰，刘姥姥说，到田地哪天不摔几跤，哪这么金贵。现在想起来，大观园内的“流行病”是当今社会上的“心病”，病病恹恹，吃不像吃睡不像睡。这心病还真不是吃药的事。

中医讲究辨证施治，讲究标本兼治，这“心病”的原发点常常离不开权和利二字。“天下攘攘，皆为利往”，为赚钱为牟利，使尽一切手段，坑蒙拐骗、躲税避税、行贿受贿，多行不义怎会不坐病？为争权夺位子，绞尽脑汁跑官要官买官卖官，一朝权在手，便把令来行。权到手了怕是“病”也缠身了。世界上的事情就是这样，它总有一种“报答”，佛教上说是“福报”或“报应”，这心病大概就是这样的回报吧。

若治心病或不想患心病，其实十分简单，就是老老实实本本分分地做人，说句时兴的话是按游戏规则办事。不守规则而得权得利这就是病灶病源，有了这病灶病源也并不可怕，怕的是讳疾忌医，怕的是自恃“体健”满不在乎，到最后养虎成患，回天无术了。

心病还须心药医，由此想起两句字谜：“若不撇开总是苦；人不回头难为人。"时于名利一途,太专注太执著,无所不用其极,若撇不开永远是个苦字;淡化名利强化道德,回过头来诚信为本,本分做事,自然会成事成人,届时心病自除也。

家是安心的地方

在佛家的禅语中，有论“安心”的话头，是说把心放在什么地方。佛家以为，心安在何处，是个很重要的问题，安心和不安心决定着心性。说这些固然有些玄虚，若从凡人的角度说“安心”大概就一说即明了。

有句成语叫“身在曹营心在汉”，是说关羽人虽在曹操的军营中，心却在刘备的那一边。这就如同一些人上班，人在单位心却在家里；也有这样的人，身在家里，心早已跑到歌舞厅、咖啡屋去了一样。

心安在何处？哪里最适宜安心？其实，家应该是安心的地方。

有一首歌叫《我想有个家》，曾经风靡一时。人们想有个家，当然为寄身，更重要的，它是一个安心的地方。男大当婚，女大当嫁，谁家的子女若老大尚未婚嫁，做父母的能安心吗？青年男女一旦成家，家便成了二人安心的地方。

家，是住房和放家当的地方，是人生活起居的地方，同时也是人把心安放在那里的地方。汉语实在厉害，“安”作动词讲时，是安放、安装之义；“安”作形容词讲时，就是放心、舒心。“安心”

一语双关：你把心安放在家里，你就会安心了。

家是安心的地方，让人坦然、放松、还原。人一旦离开家门的时候，警觉是提防不端之人，矜持是对付嫉妒之人，恭谨周到是周旋周围之人，总而言之，当你迈出家门哪怕一步，就连对自己的发型、衣着、化妆都不安心，唯恐有疏漏之处。可不可以这样说，家以外都是不安心的地方。

家确确实实是一个安心的地方。晋代有个狂狷之士，他赤身裸体在自己屋里待着，别人见他一丝不挂很惊异，他说，天地是我的房子，我的房子像我的裤子，你怎么钻到我裤裆里来了？话很粗但理很正。家就是人的衣裤，遮挡庇护着隐私处，人进了自己家门，就像穿上了衣裤，别人看不到“里面”什么。人有房子的遮蔽，于是人就安心了。

人安心是放松，绝对的放松。一次，几个朋友讨论什么是家。大家七嘴八舌说什么的都有，什么灵魂的港湾，什么梦幻的驿站，唯有一人一言既出众口哑然，他说：“家是什么？家是可以放响屁的地方。”话俚俗至极，却也哲理深极。

大家想想，在同事面前在领导面前，乃至在情人面前，谁能毫不顾忌地放响屁？而在家中，可以痛痛快快肆无忌惮地放，可以夸张地放。为什么？家是安心的地方，让你把心安安静静、安安全全地放在那里，你可以不化一点妆，可以不着一丝布缕，可以把压抑着的粗俗乃至原始的野蛮都释放出来。因为你把心安在了这里，所以你能安心地做你的一切。

人，都有家，除了流浪汉。即使打工千里之外，出差万里之遥，心也系在家里。人对家的情结如此之深，并非家比外面豪华，并非家中的家常便饭比外面山珍海味更有营养。“金窝银窝不如家中的草窝”，根结就在于这个“草窝”可以让人安心。

爱家吧，爱家的人是安心不浮躁的人，爱家的人是安心过日子的人，爱家的人就是热爱生活的人。把心安在家里的人，你准活得安心。

安心是药

闲翻印谱。古人常刻闲章以自遣,用一哲意深邃的词句作为座右铭,自儆自律或是自娱。所以,闲章中的词句甚堪咀嚼,发人深省。

"因病得闲殊不恶,安心是药更无方",这是苏东坡的一句诗,篆刻家童大年截取后一句刻了一枚闲章。印蜕古朴,边款清丽,然个中理趣更在印章之外。

"安心是药",虽仅四字,其实涵盖了药性物理之外的心理活动。中医药确实是个大宝库,华夏民族几千年,成就了在世界上独一无二的中医学、中药学。然而,作为文人,"安心是药"阐述的哲理,却大大超越了医药领域。

药是做什么用的?解除病痛。人的一生不仅有生理上的病痛,更有心理上的病痛,在诸多心理病痛中,针砭不可及,药物不可及,有句诗说得极剀切:"天上有星临薄命,世间无药医相思。"相思病也是病,但世间无药可医。

然而,古人提出"安心是药",这药治什么"病"呢?

安心很好理解,就是心里平静,坦然,再说得通俗一点,安心

是心里没有愧疚惊惧惶恐茫然坐立不安什么的。做到这一点不是很容易的,有句话是"为人不做亏心事,半夜敲门心不惊",人要做了亏心事,心中就不安,一旦有个风声鹤唳的,都会草木皆兵惊悸不已的。

据报载,逃往海外的贪官都是携巨款而走的,在"有钱能使鬼推磨"的商品社会,有钱什么买不到?我们历来迷信进口药,在高度发达的西方,怎么不买"安心"药呢?可惜安心药买不到也换不来。这些贪官虽可在生活上穷奢极欲,但想定心安心舒心地活着,对他们而言是最大的奢望。

"安心是药更无方",中医治病要开方识病情辨证施治尔后开具的药方,对症后服下即痊愈。但"安心"本身就是一味药,比什么方子功效都大。

"安心是药",是一味良药。倘没了这味"良药"。怕是终生心绪不宁、坐卧不安,乃至废寝厌食。日前《人间》杂志载有这样一件事,东北一位女出租司机,好心照顾一卖花小姑娘,义务送她回家后,倒车时撞了她,不幸的是几天后小姑娘脾破裂死亡。司机听说后良心不安,毅然决定将自己告上法庭。庭审中,死者母亲泪痕满面放弃索赔,审判人员都感动得流下眼泪。女司机虽被判一年徒刑缓刑一年,相信她心安了。

女司机以这样高昂的代价去买这味药——心安,只有买了这味药才能让人活得踏实,此外更没有验方、偏方、良方。

安心是药。药是买来的,是要花"钱"的,这就告诉我们,心安不是无代价的,我们本分地生活,靠自己的辛劳而致富,活得心安;我们无私地助人,忘我地救人,活得心安;我们诚实守信、正义高尚,活得心安。这是一剂人生最好的药。

安心是药,随处可采。与邻里友善,与同事和睦,这是顺手可采的药；上孝长辈诸老，下爱子侄童少，这是伸臂可及的药。这些补益精神安泰心境的“补药”，服得越多，心境越安。由此赋诗一首作结：

健体益身求泰康，安心是药更无方。
为人不做亏心事，夜半坦然少彷徨。

读书乐心

常有书法家写“读书乐”横幅悬于室中。读书之乐乐于心，这种快乐是一种原始的快乐。就像孩童时代玩的翻绳游戏，只一根绳子与十个指头，就能翻出许多乐趣，很原始，但乐得本真。

越是原始的，越是自然本真的。

读书是原始的消遣方式之一。它的功能是娱情乐心。乐心是什么？是物我两忘，完全进入到书中，一旦进入此境界，世界中常常“无我”了。

读书破闷是乐心，读书说贫道苦也是乐心，说句现代的名词就是情绪宣泄，找一找内心的平衡，否则非别扭出病来。文人喜读书，在旧时文人一般皆清贫，于是读书度日，写诗疗饥，颇有阿Q的风范。像《柳南随笔》中曾记，有一名叫袭义林者，作《乐贫》诗一首最为人传诵，诗云：

憔悴山妻苦恨贫，谁知贫里得天真。
菜蔬作饭甘于米，稻草铺床暖似茵。
户乏荆扉偏得月，袖多结绳好携春。

宵来莫厌长醒坐,不饮原来最养神。

此诗可谓苦中作乐,虽不乏调侃口气,但诗人胸襟的达观彰显其间。

读书之乐不是乐在肢体上。譬若打高尔夫,譬若打网球,都是达官大贾之乐,其神其态,其身其体都潇洒。读书则不然,或坐于椅或倚于床或蜷屈沙发中,捧读一书,看一页翻一页,或一目十行,或从尾往头上翻阅,一切听凭自然,一切随心所欲,此乃乐心之一也。

读书之乐乐在消费上。都说书价高,倘有好书,凡好书不厌千回读。即使一千元一本的书,读一千遍才合一元一遍,再说,书几时读坏?真正的读书人能读坏几本书?孔子当年读《易》,韦编三绝,就等于现代人把书读散页了,重新装订嘛,装订一下又是新书。读书虽不是什么消费,但又是读书人最大的一笔开支,袁枚在他的《随园诗话》中说:余幼时,有"家贫梦买书"之句,盖实事也。挤对得人把买书弄到梦境中,越这样,读起书来越如饥儿吃馍,香得很呢,此乃乐心之二也。

读书乐心乐在轻松上。尝问一些学子,有的大学生以为读书上课是一苦,这样的读书不入心只入口,心苦口也苦;而以读书为乐者,才能乐心入心。真正乐心的读书是享受,甘之如饴,食而再食。养成这个习惯就能乐此一生。以读书为苦者怎能享受到读书的乐心之境呢?

庄子与惠子观鱼,就有一场口舌之战,一个说知水中的鱼乐,一个说你不是鱼怎知鱼乐,庄子最后反问说:你又不是我,你怎么知道我不知鱼之乐呢?读书乐心也是这个道理,旁观者常常体悟不到乐心的境地,然读书的乐心只有读书者知道。

“书中自有黄金屋，书中自有颜如玉”，这句名言是以功利为诱饵的劝读，倘能去掉其中之功利，读书时似居豪宅广厦，读书时似与美女对坐，心花怒放怡情悦目，读书有此境界，不啻飞升登仙了。

人生有诸多苦痛，唯能乐心者才能超越肢体的苦痛。乐心不难，读书吧，明代于谦说：“书卷多情似故人，晨昏忧乐每相亲。眼前直下三千字，胸次全无一点尘。”胸无芥尘一片清明，能不乐吗？

书能醉心

此时以此题作文颇有些迂腐了。曾与一喜电脑的老者交谈，其言，现在看书觉得不大习惯了，而在电脑荧屏上读写颇为自然，看来读写“工具化”的趋势已然萌芽矣。

记得“文革”后期到一老师家中，其领我至另一间屋，屋内一排排的书架放满了书，直惊得目瞪口呆。在那个时期，谁见过个人藏有那么多的书，况且还有不少泛黄的线装书。置身其间，真的有些醉了。从那时起，坚信书能醉心。

记得前不久，也来到朋友的书房，只有一台电脑和若干光盘，虽装修得珠光宝气。一个没有书的书房，总让人觉着秃光光的，说不出来的一种滋味。虽然朋友一再说明，现在网上什么都有，一张光盘就能装进半套《四库全书》。这很像听过的一件事，说曾研制出一种食品，似药片大小，吃一片可抵三天的饭。即使放上能抵一年饭的药片，屋里没了柴米油盐，没了锅碗瓢盆的，总是不像过的。

书，不仅仅是容积问题，还有视觉的充实在其中。有人做过调查，儿童有“书籍适应征”问题。并非人生下来都喜欢书的，并

非人人见到书都能醉心的，这里有氛围的熏陶过程。譬如嗅觉，一个人生下来就与牛羊的肉膻、奶膻相伴，肯定不会拒绝此类食品，反之就不尽然了。倘若这个家庭很少有书报，家庭成员也无阅读习惯，儿童对书籍的情感会淡漠。所以，书不仅仅是知识的阶梯、精神的营养，它还是由视觉而能入心的积淀。

人的气质有一类可用“书卷气”来形容，人的书法、屋内的陈设都可以说有书卷气和无书卷气。这些来自读书，也来自家有诗书，从而才能“腹有诗书气自华”。在这一点上，许多人很有先见之明，领孩子逛书店进图书馆，培养孩子的阅读习惯，很有必要。

亲近书，与书为伴，与书为邻，做得到吗？在这个商品时代，书成为门面、装潢，甚至成为一些人的不屑。其实，书确能给人以充实，更能给人以陶醉，这确确实实有一个培养的过程。历史上有“孟母三迁”的故事，孟母搬了三次家，为的是避开不利于孩子读书的氛围，寻找一个适于读书的环境，最后与学堂为邻才算定居。其寻找的中心点就是一个“书”字。

书，并非家庭中的可有可无，它是改变精神苍白的良药，也是扭转贫寒生活的按钮，更是净化心灵的清新剂。

电脑时代了，切莫让它取代了书；正像计算机出现后，切莫让它取代心算口算笔算一样。据说有的发达国家的学子连“小九九”都不会背了，这是大脑的一种退化。电脑，固然是比书快捷方便，也比书显得时尚。但是，电脑永远替代不了书，因为书能醉心。醉心，无酒而陶然的享受也。

藏书与藏心

老子说:“国之利器,不可以示人。”这就是说,一些根本上的、关键性的东西不能随便拿出来让人看的。由此想到书法,曾听一位老书法家说,名书法家都有秘而不宣的碑帖孤本或珍本,悉心临习,在此基础上再构筑自己的东西,从而成为自家风格。因为许多人看不到前人的碑帖,就会认为这就是他的创新。

以前印刷不发达,善本书、孤本书便成了藏家的资本,知识是人类共同财富在这样的藏家面前被阻隔了,由此引出“藏心”问题。

在清末民初有一藏书家叫丁祖荫,其精于校雠目录学,而且家境富裕,因此不拘宋元旧本,但见好书尽量搜集,藏之他的“湘素楼”。他一生藏精钞名刊善本书很多,但一向秘不示人,连知己好友也不能窥其堂奥。甚至,一部书在他手中收藏了20年,而他却撰文放烟幕,说只是在别人处“极三昼夜之力展阅一遍”。可惜其死后所藏书籍很快流失殆尽。从中可以看出其“藏心”可谓“庭院深深深几许”了。

另一藏书家是卢靖,其号木斋,民国以后,他以捐建南开大学图书馆及北京木斋图书馆闻名。1927年，卢靖捐10万元兴建南开大学图书馆，又捐出他的知止楼中的六万卷藏书作为基础，在图书馆落成仪式上，他亲自出席致辞，并将馆钥授予校长张伯苓。卢靖鉴于自己早年读书得书的艰难，为了协助有志向的寒士，一面捐献图书馆，荟萃天下图书于一处，便于学子阅读；同时刊印图书，使一书能化身千万，普遍流传人间。

卢靖藏书是一种品德的再现，以赤裸坦诚报天下，可见其良苦“藏心”。

知识的流布越来越开化了，皆赖于当今流布手段的现代化。在古代，有许许多多因得一珍本而名闻天下的事。像汉代的张良，传说他得益于黄石老人给了他一秘籍(兵书)，从而拜相封侯帮助刘邦得天下。正因为这样，道家弄得更是玄之又玄，什么秘籍孤本，什么丹书符箓，一旦得到便能独步天下，这些若转化到藏书上，必然要出现神秘色彩。

记得少时听讲《三侠剑》，有一个问题常让人担忧，凡师傅教徒弟都要留一手叫绝的招数，那么多少代下来师傅都留一手，徒弟能耐不就越来越小吗？由此想到，师傅教徒弟尚且“藏招”，那么人与人之间也要这样吗？

人是群居动物，在“心”的问题上，大概像冷天的刺猬，既要相互依偎取暖，同时又因为满身是刺谁也接近不了谁。这像不像有些人把最好最珍贵最有价值的东西，秘密地藏在目不及视耳不及听的地方，“国之利器”，真不可以示人吗？

由此想到丁祖荫和卢木斋两位藏书家，在学术上、在对收藏的贡献上无须分出伯仲，但在“藏心”上却有了高下之分。为一己之私而收藏本无可厚非，而为天下收藏、为后世收藏，此心之昭昭、犹德之昭昭焉。

如今的网络已让人进入知识共享阶段，很像一片公共绿地，都可以去游览、去踏青，甚至品味“果实”。相信，在这过程中会让人看到一颗颗各异的“藏心”。

说“一本正经”

“一本正经”是句俗话，在《现代汉语词典》中解释为“形容很规矩，很庄重”，而《辞海》中根本无此条目。此词源于哪里？后听研究佛学的人讲，一本正经是说这部经文只有一个正本，即“一本正经”。既然只有“一本”，自然很难广为传播，“一本正经”难成正果。

在版本学上也有“一本”之说，是指某书只有一种传本或为孤本，对于研究者来说不是什么福音，因为它缺少参照对比，对其中的脱讹难于考据。

天津人将一本正经读作一本正“井”，是说人不苟言笑很严肃，没有幽默感。若与“一本正经”的所谓原义联系起来讲，一本正经无它经对比参照，当然富有权威性和严肃性。这和人一样，一旦有了权威必然严肃，正襟危坐循规蹈矩，看来将一本正经引申为规矩庄重不是造词者的臆想武断。

做人当然要规矩，至于庄重严肃与否，全凭个人性格。但做人切不可只有这一本“正经”，似乎还应有副本，即“副经”乃至“别经”。人生若没有点“正经”之外的“副经”，只怕人生会呆滞、呆板得可以。

我们历来只有“一本正经”。本来春秋战国时，诸子百家形成学术的空前繁荣，但到了秦始皇焚书坑儒之后，不仅天下统一，人的思想亦一统。到了汉代后更是沿着一根轨道“罢黜百家，独尊儒术”，这一下子“半部论语治天下”就传了两千多年。虽然“五四”运动提出，“打倒孔家店”，但很快又是“一本正经”了。“文革”期间，人手一本“语录”，成为名副其实的“一本正经”了。日前曾去上海，一位司机说，以前多好，都36元工资，什么都不用想不用愁不用急，多好。“一本正经”谁敢说没留下影响。

这是政治上的，暂且不说。人生中的“一本正经”并非福音。许多人只有工作学习上的“一本正经”，天天“读”这本正经。譬如一位老劳模，几十年如一日，工厂车间和家，两点一线从不变更，及到某一天退休，抱着机床大哭不止，回到家中整日直眼愣神。看到别的老人提笼架鸟牵狗喂猫或打牌下棋什么的，不仅瞧不上，而且看不惯。至于看电视，一见挤眉弄眼、秋波频递，或是饿虎扑食乱啃一通就气不打一处来，至于被翻红浪、鸳枕堆乌、袒胸露腿，那更是“啊呸”一声拂袖而去，这一本正经真真把人折腾惨了。

做人做事一本正经是准则，做一个完整的人只是“一本”正经根本不行，人生需要“副本”，因为一个人在世界上不只扮演一个角色，还有很多角色需让你去扮演。在工作中一本正经、认真敬业一定是位好同志；若你是丈夫，你是妻子角色时，依然这般严肃规矩一本正经肯定不行，夫妻间若无狎昵戏谑、幽默风趣，生活得枯燥干瘪不说，弄不好会红杏出墙，最终感情破裂。

一本正经还悖于养生之道，倘若以严肃庄重为本色，整天价脸部肌肉紧绷绷，谁若嘻嘻哈哈就认为有失正经：与爱人老伴不打情骂俏，如这般会认为是老不正经；像“黄昏恋”更视为是“一本歪经”，这般的活法虽很是一本正经，可惜这本“正经”太单一，根本无法卒读。

人多些“一本副经”，让心情轻松些。

用镜照照心

于今照镜子不是什么难事了。铜镜时代，镜子是稀罕物，于是美女们则临清流以当镜，然就怕微风一过吹皱一池春水。如今，满街的玻璃窗可以当镜照，电梯的电镀墙可以当镜照，坐在车上梳妆盒一打开，一枚小镜子就在掌中。映面之镜处处有，照心之镜在哪里呢？

《资治通鉴》载，唐朝开元二十四年秋八月初五，是唐玄宗的生日，群臣都献宝镜祝寿。唯独宰相张九龄不这样做，他认为“以镜自照见形容，以人自照见吉凶”。张九龄叙述前代兴废的根源作了五卷书，取名叫《千秋金镜录》敬献给唐玄宗，得到“上赐书褒奖”。

以人自照见吉凶，与人对照见心地。

镜子其实是比照功能，见他人眉弯似月，照照自己别是眉横如漆？当把别人当作镜子与别人相比照时，常常是心的比照，像用镜照心一样。

许多事也是镜子。读报读到陕西汉中的三名初中生，碰到女乞丐不仅未施怜悯竟暴殴两个小时，还用菜籽秆乱戳其下身。小

小年纪的残忍令整个社会震惊。此事犹镜,照你照我照他。

我们那个时代没有谁教育慈悲为怀,少年时粘蜻蜓,十个手指的指缝能夹满八只蜻蜓;谁若逮着一只癞蛤蟆,大家轮流用棍儿打,越打蛤蟆肚越鼓胀;记得一次捉到一只野猫装在袋子中,众人当球踢……这些对待动物的残忍一旦转及到人,不就是令人心悸的一幕吗?曾经身历的“文革”一幕幕,不正是以上镜头的重演吗?

这些年变了,人们温和了,包括孩子们。记得女儿上小学一年级的时候,上楼进屋后神秘兮兮地让我猜在楼道碰到谁了。最后她说碰到一只小老鼠。我立刻说,怎么不踩死它。女儿撅起小嘴说,我在楼道走,它也在楼道走,凭什么踩死它?

女儿的心是一面镜子,照得我哑口无言。当一颗童心没有太多的“是非”观时,我们不应该输入给他们以残暴,哪怕他们面对的是什么“四害”。在“人之初”面对生命时,无论庞大无论渺小都是平等,只有当逐步成熟之后,生命就有了侵略的快感,有了破坏的满足,于是就生出了“仇杀”,生出了“暴行”。这些“暴行”的萌芽是否从随意捻死一只蚂蚁、打死一只小鸟开始?

以事比比情,用镜照照心。我们都不是圣人,正像张九龄说的“以人自照见吉凶”。弘一法师晚年出家,他每当坐藤椅时必先摇晃摇晃,是让藏在里边的虫子跑掉,以免被坐死。固然,这种做法很迂,但也不妨当作一面镜子照照心,我们当然比不了大师,但能照出我们什么呢?心要防微杜渐,情能见微知著,爱心需要一点一点地培养,让一颗充满仇杀的心忽然在一夜之间“放下屠刀,立地成佛”,岂非痴人说梦。

好人好事是镜子,我们照一照,与之相差多远;坏人坏事也是镜子,我们也需照一照,有无曾经的影子。用镜子照照容貌任人皆会,然而凡事能照心者,才能是大彻大悟的人。

以人为镜,比一比心,看看我们周边的言传身教,有没有脱口而出的“踩死它”的不经意的惯用语。我们的爱心不仅要给亲人,也要给无亲缘无血缘的人,也要给人以外的动物们。

以爱当镜,相互折射的爱心无限。

找个镜子照照心

唐太宗李世民在封建帝王中，应算是“吾皇圣明”的，明清这些皇帝哪一点比得了他，可惜现在的摄像机对错了地方。唐太宗开创的唐朝不仅是军事、经济大国，更是一个学术文化大国。为什么唐太宗能“功德兼隆”？实因为他能“照心”。

唐太宗有句很出名的话：以史为鉴，可以明兴替；以人为鉴，可以明是非；以铜为鉴，可以正衣冠。这“鉴”就是镜子，他的镜子是用来照心的。

唐太宗写了一篇《金镜》文章，开篇即说：“朕以万机暇日，游心前史。”在日理万机的闲暇时，“游心”前朝的历史。这不就是用历史作镜来照自己的心吗？唐太宗在文章中从轩辕黄帝说起，一直到秦汉，历数他们治国弊端失误，“今略陈梗概，以示心之所存耳”，不仅照心，还要铭记于心。不仅如此，他对太子的教育更是娓娓道来，曾写了一篇《自鉴录》，足见用心良苦。

“古有胎教世子，朕则不暇。但近自建立太子，遇物必诲谕。见其临食将饭，谓曰：‘汝知饭乎？’对曰：‘不知。’‘凡稼穑艰难，皆出人力，不夺其时，常有此饭’。”一千六七百年前就说“古有胎教”,可见中国人胎教史有多长。每每吃饭,唐太宗以饭设喻教育儿子,通过讲粮食来之不易,讲了“不夺其时”(不违农时)的道理;又讲了乘马要使马“不尽其力”(不能拼命用竭了它的力气)的道理;说到乘舟,又专门讲了舟比人君,水比黎庶,水能载舟,亦能覆舟的道理。这些就是以镜照心。

找个镜子照照心,必能使人睿智。

有句话叫将心比心,人若能将心比心,就能拉近距离填平沟壑,就能转换角色换位思考。皇帝能这样做,他肯定不会嫌老百姓沸反盈天、怨声载道,会从自己身上找原因。“见其饥寒不为之哀,睹其劳苦不为之感”,这样的皇帝是“苦民之君”而非“治民之主”。所以,把老百姓当作一面镜子,将他们的疾苦、抱怨、不满情绪统统照在自己心里,解民倒悬也好,宽以待民也好,这样人们能不说“皇上圣明”吗?

唐太宗是个能以镜照心的人，但这有一个以什么为镜的问题,有一个怎么照的问题。镜子从来是小说家的题材,《西游记》中,六耳猕猴是靠照妖镜让它显原形的;《七侠五义》中的包公也有这样的一面乾坤镜;然而《红楼梦》中的风月宝鉴正面照可灭人淫邪的心性,反面照却助人心性淫邪;《金瓶梅》中有“孟玉楼周贫磨镜”一回,一老汉将她们的八面镜子磨亮了,“一池秋水芙蓉现,好似姮娥傍月阴。”但这老汉编了假故事换得可怜,骗了一堆吃食跑了。镜子磨亮了,人心却昏了。

最可怕的是拿昏镜去照,那会越照越自我感觉良好,不仅失却了镜子的功能，还会把人误导。唐代诗人刘禹锡写过《昏镜词》,是说在市井中见到一个卖镜商人,十面镜子九面不亮,像蒙了一层雾。卖镜人说,我做的镜子如果将脸上的“芒秒之瑕”都照出来,谁还用我的镜子照呢?刘禹锡顿生感悟,悟出世间“陋容多自欺”的事实:“瑕疵既不见,妍态随意生。一日四五照,自言美倾城。”

以镜照心,须用明镜。

含金量与含心量

当今是一个含金量越来越高的时代，也是一个含心量越来越低的时代。曾买过一本旧书，书中夹着上世纪50年代的一封信，信不长，一百来字，是一年轻女子写给男友的，说织好了一件毛衣，希望周六下班时交给他。通篇没有什么情呀爱的，却让人读出沉甸甸的含心量。

听说如今网上交友盛行，有的约好就乘飞机飞来，住五星级宾馆，再猛撮一顿，然后一夜风流，各自走开。这也让人掂出沉甸甸的含金量。

金与心从来可以互换。

一心扑在“金”上的心，见到金就心花怒放，就笑逐颜开，反之呢？

明代才子唐伯虎倜傥有才气，又是富家子弟，引来歌妓们的青睐。金陵一歌妓慕其财才二字想见他。唐故意穿一破袍子在她船前过，妓凭栏作鄙夷状。唐伯虎指妓曰：“倚楼何事笑嘻嘻？”妓应声道：“笑你寒儒穿布衣。”唐伯虎续道：“锦绣空包驴马骨，那人骑过这人骑。”此乃以貌取士、以衣取士受到的奚落。许多事

不是靠金换的,而是靠心换的。

拜金的人多了,谁还拜心?在大款周围,美女如云、青春一片,这是在拜金;然而当大奶被甩、二奶遭弃、三奶失宠时,她们异口同声,一把鼻涕一把泪地说他没良心。试问当初拜的是金,如今又要的是心,金常常买不来心,也换不来心。

用金能替代心时,谁还用心?

抛金不难,一掷千金的因为他有金;抛心很难,这需要感动,需要真情。在情人节那天,手机短信最忙,几十万条短信飞进手机中。读了,有调侃的,像要贫嘴的相声;有深情的,却是似曾相识的抄名言;有情呀爱的,不是耳边私语,却如同隔着马路喊的口号……谁还用心中的真情?大家都不用,都用钱买来现成的、时尚的、毫无个性的什么扔给你,沉甸甸的,含金量很高,却找不到含心量。

心是独语。心是独行。

独行的心不要金铺的路,独语的心敞开不靠赤金的钥匙。它有时很廉价。“宝黛爱情”感天泣地,却没什么含金量。贾宝玉派丫环送两条旧手绢给黛玉,黛玉细心揣度一时大悟,五内沸然余意缠绵,当即在旧帕上题诗,以全部的爱凝铸于中,这里都是“含心量”。当黛玉临终时,不厌其烦地描写黛玉怎样焚烧这两条旧手帕,真真是“焚帕断痴情”。读到这里时,就会知晓这部名著真正打动人的核心部分不是金而是宝黛的一片心。

水的蒸汽,冷却后是水;酒的蒸馏流出的是酒。情为金而动的,最后还要靠金,金有情有,金无情无;情为心而动的,情愫感心,心动天地。

时光进入21世纪,电脑成了人脑的奴仆,它竭诚服务为人脑代劳,高度的机械化使人免却了手工的劳役。现代小伙儿谁还为一封情书冥思苦想辗转不眠，手机一开复制转发一下就可以了。现代女孩儿谁还去学女红，绣上一朵花、织起一袭衣，到时装屋买上一件就可以了。含金量不可谓不高，那么含心量又有多少呢？正因为“心”含量低，像贾宝玉、林黛玉那般痴情的就少了，所以在貌似轰轰烈烈的现代爱情版块中，很少让人读出这两个字——感动。

赏识——心灵的点金术

一尊木雕佛像，镀上金，熠熠闪光了；一个铜铸镇尺，镀上金，历经百年依然灿灿生辉。赏识，恰如点金术，让心灵一生闪光。

曾有人做过调查，有百分之五十左右的音乐、绘画、书法的专业人员，就因少年时老师或家长的赏识而成才。一位少儿美术教师，他上美术课时是孩子们最喜悦的时刻，他说，每个孩子都有艺术潜质，你苦口婆心地教导他，你不厌其烦地规范他，就像用粗砂纸打磨紫砂壶，会磨掉最珍贵的“包浆”。你若赏识他，夸奖他，就等于镀一层金，让木头也生光泽。

中国的师道有三大责任：传道、授业、解惑。学生永远是被动的受众。再推而论之，孩子是家长的受众，群众是领导的受众，受众永远是在被训导、被教导、被引导。一味的“导”，其实是磨掉一种风格、个性、特长，最终“导”成长官和家长“规格”。

我们应该意识道：赏识，是心灵的点金术。

人的天性偏爱赏识，正像人喜甘厌苦那样。幼儿蹒跚学步，说一句，小伙子，真棒；孩子第一次拿笔，赞一句，太好了。记得一位作家成名后回忆说，他报名上小学时，老师问他一个问题，他答对了，老师在他的名字前画了一颗五角星。他问这是什么，老师说,这证明你最好啊。从此,他对自己都用“最好”来要求。很久以后他才知道,每个孩子的名字前都有一颗五角星。

赏识,是心灵的强光,可以照亮心宇,添加能力的自信。

人,与生俱来的胆怯,当小心翼翼迈出第一步的时候,是胆怯的试探,像一只小梅花鹿,随时准备逃跑。可叹的是,当人生的第一步迈出之时遭遇的常是貌似正确的“训导”,可惜的是,他们常被吓得无影无踪,终生没有“鹿回头”。我们为何吝惜那一两句赏识的话呢?

我们太好为人师了。赏识不是语言的平行运动,而是从下往上的发射,那就是说,赏识需要一种仰视。而我们,尤其对初出茅庐者,谁能“蹲下身子”和他们对话呢?殊不知,往往我们蹲下身子,“赏识”铸就的是人的自信。

赏识,是自信的催生剂,自信是行动的原动力,原动力是永不褪色的金子。

赏识,是无须投资的教育。赏识,是吹启艺术天资窗帘的煦风。它和阿谀奉承的分水岭是:赏识,是为心灵铸金;奉承是给血液兑水。虽然,二者眼睛的朝向都是向上。

赏识,像清风明月不用一钱买那样,这种不花一钱的赏识,我们何妨多用呢?赏识孩子,那赏识将是一座彩虹,系起理想的另一端;赏识朋友,那赏识将是一面多棱镜,幻出赤橙黄绿青蓝紫的七彩;赏识同行和对手,那赏识将是一面明镜,折射出对方的优长反照给我们自己。

赏识是金,它不为岁月而剥蚀,它不为时尚而奔走,更不为虚伪而矫饰。赏识是金,是人品质的贵重金属但非稀有金属,当你慷慨赠与对方时,他必珍藏,甚至是一生财富。

赏识是金。

心爱三层面

爱是什么?若突然发问,一些人会发笑,一些人会发愣。发笑的人是说简单,发愣的人觉得问题太深奥,答不上来。

爱,从物质角度说,什么都不是;从唯心角度说,到处是,时时是。

爱是心的互通和体悟,很像无线电电波。蓝蓝的天上什么都没有,但交织着无数的电波,电视、广播、网络、电话,都在视觉空空如也下编织着很规范、很密匝、很便捷的网。人一生的爱也如这网,没有体积也无面积,但连通着世界、沟通着人群。

人是爱的载体,一生下来被爱包围,懂事之后,就知道爱了,这种爱是喜欢,是爱的第一层面。但往往是这种单纯的、表象上的爱,是心爱最纯真的体现。家中曾养鸡,本来是哄孩子的事,一不留神长大了,弄得阳台上很脏,于是想宰杀它们。女儿搂着鸡眼泪汪汪不让宰, 最后送人了。孩子对东西或动物的喜欢是心爱,这种心爱无责任感,没有付出意识,但也没有索取心理。就像养宠物,孩子永远不会按时按顿喂,按时遛,但的确是发自内心的爱,这爱在重要和关键时刻表现出来的绝无功利性。

心爱是真爱,真爱已剥离了喜欢这一层面,奔向第二层面。

第二层面的心爱要求互动,就像是无线电波,它的发出要求对方的接收,进而回馈。这颇似人类向太空发射的无线电信号,最终是想得到太空智能生命的回应。人第二层面的心爱何尝不是如此。

心爱常希冀对方的互动,在男女情爱上一般停留在这一层面。总有一方要打动另一方,另一方被打动,于是互动起来,这种互动交换的频率越高,就越能动情动心。动口动手不等于动心,心是根,就像树,树叶树梢的动不等于树干树根动,只有动心了,这才是根本上的动。如今一些网恋的网友,手指动键盘,说得对方心动,于是脚动身动到了一起,然而这是一时之动。心动不等于心爱,心动仅仅是心爱的先头部队。

第二层面的心爱既有付出又有索取,有目的性和功利色彩。所谓目的性,是某种目标的预期感知。像结婚,是男女心爱的归宿,这种归宿是心爱互动的共性目标,不可否认有很强的功利色彩。这当然不言而喻,我们建立家庭搞对象对对方相貌、学历、家庭和收入的挑剔,皆有很强的功利性。但这些,都是心爱第二层面的派生物。

心爱的第三层面是毫无功利色彩,是人间至淳至上的爱。如母爱。

只有母爱是人从不怀疑从不猜测的至爱。母亲爱一个丑陋的、弱智的儿子没有谁怀疑是诱饵是陷阱,抑或是作秀。倘换向思维,假设一美女与一弱智成至爱,谁不疑虑谁不猜测呢?

心爱的高境界是不要回报无期待无条件的,这需要的是亲缘血缘之上的至情至爱,也需要的是情爱多年的相濡以沫互爱互护的相加。在人生的关键时刻和紧要关头,不会“大难临头各自飞”。若说母兽为保护幼兽挺身赴死是出于物种繁衍的天职，那么人为了至亲至爱或献器官或捐躯赴死，这是心爱的至高境界。在这些面前,那豪宅宝车金钱就显得苍白无力黯然失色了。

你有心爱的第三层面吗？你有没有被他人放在心爱的第三层面上？相信,有人终生进入不了这个层面。

善是福根

迎吉纳祥,祈福祷寿,这些吉祥的字眼用量很大,只说福寿二字,有人统计出它们都有百种写法,还有人东搜西罗篆字的寿字写法有千种之多,由此可见,人们对于福寿从来不嫌其多,多多益善。

福寿的写法再多,个人有个人的福报,个人有个人的寿数,很多情况皆由人定而非天定。就说白芳礼老人,十年前曾采访过他,普普通通的一位靠蹬三轮而生活的老人,文化并不高,言谈很朴实,采访中他没给自己拔高,他用他拼体力赚来的钱资助贫困生,未听他讲什么觉悟、素质、境界的,给人感觉就是一个善字。

善是心性,同时善是福根。

曾有人将美国的富人与中国的富人加以比较,发现美国富人的善举比我们多许多,许多有钱人不是忙着挥霍享受,而是将钱给在需要的人群和地方。即使在现在的福利院,每逢周日总有一些志愿服务的"老外"在那里忙乎。也曾采访过他们,绝对没有什么功利心,只是一种善良在驱使他们这样做。

善良不思福报，利他不损人，是人与人之间的亲和与扶助。有这样一句话，播种善良的地方都是福田，广种福田，得益终生。乍听这些话似是一种说教，其实，许多实际情况就是如此。

还说白芳礼，从七十多岁的时候，就用蹬三轮挣来的钱资助贫困学生，一开始媒体并未十分关注，他自己也没有将这件事当成了不起的事。记得在白芳礼家，很简陋很普通的一个家，若论职业，按老天津卫的话是“车脚衙”中的脚行；若论文化，几乎是大字不识；若论钱财，绝对属于中下等人的收入。然而，白领无其数，大款无其数，官员无其数，谁能得到像白芳礼这样被人们尊敬。他没有官衔、没有文凭、没有丰厚的收入，可是他有一颗善良的心，就是这颗心，征服了这个社会。当92岁高龄的白芳礼患病时，几天之内捐款十余万元，各界人士比肩接踵看望老人，这样的“老来福”谁不艳羡呢？

善良的心性促发善良之举，善良之举得到丰厚的福报，善是福根呀。

样板戏中有这么一句唱词：“栽什么树苗结什么果，撒什么种子开什么花。”话是大白话，其道理许多人怕是未曾细思量过。不讲什么因果报应，只说现实生活。我们常说，什么什么在我心中扎了根，这是一种理念或习惯的形成，一旦扎根，它就要生长，就要结果。“结果”，从字面上看是结出果实，但它的另一个含义就是一件事的终结而出现的最后状况，正所谓事情有了结果。这个“果”是“因”的果实。用举例的办法更能说明问题，杀人犯马加爵在心里扎下了一个恶根，结出了一个恶果，最终必是一个恶报。与他相反的是白芳礼老人，用自己的善举在心中生长出一个善根，善根结出一个善果，善果当然会是福报。

每个人的一生都有每个人的结果，这个“结果”常常是自己植种下的。记得有这么一句哲言:想知道他的过去吗?看看现在;想知道他的未来吗?看看现在。过去是现在的最好注脚,而现在恰是未来的说明。过去、现在、未来都是一条根在延伸,恶是祸根,善当然是福根。

惜者得福

珍惜的反义词应是挥霍，二者是由心态而转向对物质类使用的两个极端。人所以挥霍，是因为有；人所以珍惜，大多由于少或稀。旧有惜福之说，福因惜而至，惜即是福，乍听很陈腐，然细细思量即得三昧于其中。

古人很重视这个惜字，这一惜字体现了“持续发展”的子孙观，正像前人栽树后人乘凉一样，这“惜”的观念福报在后人，同时也“功在当代”，不可不思之。

人的一生是耗物的一生。古代，生产能力有限，物质匮乏，故而有一餐一饭、一丝一缕来之不易的“叮咛”。然而，随着生产力的提高、科学的发展，物质虽未到极大的丰富，但也到了“过盛”阶段。君不见，餐桌丰富了，使得餐馆中的残羹剩菜肥了泔水桶。记得小时候，如果饭桌掉了一粒米，饭碗中留下一菜叶，很扎眼的，立刻会招来斥责；如今，谁家孩子还能打扫菜汤儿盘底儿？更何况剩下半碗饭什么的是常事。

珍惜，常常因为少，那时珍惜粒米与每月每人粮食严格定量有关；浪费，常常因为多，现在粮食算啥！连珍馐美馔都不放在眼里,物阜民丰了嘛。

存珍惜之心在平常时日、平常物件上,这才是真正的惜。因为对于贵重,对于稀少,惜是人之常情。正如报载,拍某电视剧,用的是真古董,一位老演员拿着一件小酒盅问值多少钱,一听到价值3000万时吓得手一哆嗦。拍摄时轻拿轻放加了一万倍的小心,这种珍惜源于贵重;再如喝酒,曾有人喝存了三百余年的陈酿,战战兢兢斟酒,唯恐漏掉一滴,入口绕舌三匝慢慢咂咽,这种珍惜源于它的稀少。

珍惜之心对于一些人来说并不缺少,缺少的是值得珍惜的情境与物什。问题在于,在平常的时日里能珍惜,面对司空见惯的东西能珍惜,这才是真正的“惜者”,这样的惜者会有福报的。

譬如弘一法师,其出家以后,惜粮惜菜惜衣乃至惜水,世间之物无一不惜。他是以极端方式示范世人、告诫世人:世界的任何平常之物皆应珍惜,不可浪费。在当今奢靡成风的年代,更具有难以言喻的意义。

地球的资源是有限的。小时候总受到这样的教育,富人财主的一顿饭常常是许多穷人的一年粮;现在总会听到这样的声音,当今人类的能源消耗,是古代几千年的总和。人若照这个速度“挥霍”下去,别说是石油,就是连淡水也不够喝的了。这不是危言耸听,这是逐步被验证了的事实。与其到了稀之又稀之时再去珍惜,不如从现在就懂得珍惜。珍惜一切,不仅仅为了自己,更为了后代子孙。

在上世纪50年代曾喊过这样的口号:“人人为我,我为人人。”“惜”字上的文章,此八字是精髓。惜物不是花钱或省钱的一种表象,而是一个珍惜资源的深层面问题。在“非典”时期,一歌谣很调侃，是说“买豆浆买两碗，喝一碗，倒一碗”，反映了一个畸形的挥霍心态。提倡一个惜字，读懂这个惜字，做到这个惜字，不仅仅为了自己，更为了大家。人人皆知惜，何患福不至。

适应也是福

人从出生到老,贯穿始终的是“适应”二字。就是说人必须努力适应环境,适应周围的人,适应了就是享福,不适应就等于遭罪,你信吗?

人一生下来大哭?为什么?一言以蔽之:不适应。你想想,在母腹中,内外羊水、柔软的子宫,很舒适。一旦呱呱坠地,来到这空旷冰凉的世界, 不适应。渐渐适应了母亲温和的软语甜甜的笑,又该去幼儿园了。那是一个陌生的世界,一张张生疏的脸和从未到过的房间,不适应。渐渐适应了这里,又该上学了,又是一个需重新适应的新天地……

适应是一个永远的题,终生都要去解算它。即使去旅游,如不去适应,照样是花钱买罪受。

所以说,适应也是福。

我们常常不懂得适应,而是以我为中心,让世界来适应我。

世界常常给人以错觉,小时望月,你走它也走,你退它也退,停在那月亮一动不动;站在旷野,四下一望,“我”站的地方恰恰是中心,于是免不了就要“海到无边天作岸,山登绝顶我为峰”

了。以“我”为中心，能去适应他人吗？

人生随时存在的痛苦就是不适应，这种痛苦大都是心理的而非病理的。

适应与否的关键在哪？其实在心。笛卡儿说过一句名言：“我思故我在。”一些事你一想它就来了。前些天，一对夫妇说，他家的宝贝儿子去旅游，住不得双人间，要求单住，因为他一想同屋同住的这个人，离他咫尺远，就不适应，浑身就痒就麻就痛就痉挛。

旅游是乐事，是享受，却成了痛苦万分的煎熬。在生活中，不适应使多少本该享受的时光，幻化成痛苦。所以，古人提出的随遇而安，是一个能将痛苦点化为快乐的魔棒；反之呢，它也能将快乐转化成痛苦。

人活着，就如一台发射电波的机器，与周围形成发射和接收的互动，无论你走到哪儿，都会形成一个“场”，这是社会人的必然。舒适与否，惬意与否，完全是个人的感觉。如“吹皱一池春水，干卿底事”，说白了就是，风把你眼前的池水吹起涟漪，碍你什么事呢？要说百事不碍，但有人乐了想吟诗，有的人不高兴了想骂娘，也有的人伤心落泪了很难过。就是说，人在一个很小的事情面前，心理差异有天壤之别。调整一下心态，大概就很容易适应了。

适应是心，不适应仍是心。进一步说，适应是心的耐力和承受力。骄阳下，学生们军训，只晒了十分钟竟躺倒三个人，是体力不支吗？更大程度上是心力不支。学生们说，一看到太阳就打憷，站在下面就躁得慌，一躁得慌就心跳加速……前几年，女儿学校进行中日文化交流，来了四名日本中学生，盛夏时节长裤长褂大背包，走在酷热的街上，问他们热不热？他们说：心里别想就不热。

心里别想,适应就是心里别想。这是一种心力的修炼。弘一大师的晚年,破衣在身说好,毛巾用旧用水浸湿说好,菜咸了说咸好,饭馊了仍是好。这是用苦行僧的生活向世人证实,身适不如心适,适应首先是心适,心常适者福祉长。

心宽是福

人有高矮，心有宽窄。

世有百福，心宽是福。

人和人遇到的事情其实都差不多，然而人和人的反应决不同。比如说病，任何人都生病，但同样的病放在不同人的身上，结果就不一样。心窄成祸，心宽是福。

单位体检，脂肪肝尤其是“油水大”单位的多发病，二位科长同时检查出脂肪肝，本来在饮食上注意一下、调整一下膳食结构即无大碍。但其中一位死活要住院，要彻底检查，查出病源，治个“一步到位”。初查没有什么，再查还没什么，一着急，三查有了血压高，穷追猛打咬住不放，终于又有了心肌缺血，最后以卧床不起、浑身是病告终。另一位，根本没把“脂肪肝”三字放在心上，少喝酒、少吃油腻，半年过来平安无事。

心宽就像一道宽宽大大的大门，什么事都能很快过去；心窄就不行了，敞开一道缝，越看越嘀咕，越嘀咕越准有事。常言说：“疑心生暗鬼”，祭神如神在，想病病准来。在这方面，外国人早做过实验：将10名健康人分作两组，一组人的环境让他们想高兴的事,另一组的环境让他们感觉自己是病人。很快后一组人就真的生病了。

人的心宽不仅仅是在疾病上，工作生活都有一个心宽的课题摆在面前。心宽明显表现在睡眠和吃饭上。清代有人写过这么一副对联:“放开肚皮吃饭,抖起精神读书。”现代人最大的疾患是浮躁和心狭气隘,放不开胆子,抖不起精神,总处在胆怯心疲状态。现代有名词叫“亚健康”,这里可以杜撰一词——心胆综合征。

活在世上心要放宽。心很像一扇门,你大大敞开,开门七件事,无论是柴米油盐酱醋茶,还是琴棋书画诗酒花,什么都过得去,过得去就等于没什么事让你操心、挂心、费心;过不去呢?就等于事事都堆在心上,窄窄巴巴的心放上大大小小的事,说句如今流行语:“累不累呀你”。累,肯定是累。

心窄是心累的同义词,心细某种程度上就是心窄。可以这样说,心细的人肯定活得累,因为他们把细节想得很多,譬如有的父母给孩子带水,连从家到学校耗损的温度都计算出来,让孩子喝得顺口;给孩子穿衣,上午下午的温差,天气阴晴变化的因素统统考虑在内。既然他们能将这样的琐事都整得如此精确,那么对学习、爱好和特长更是不敢稍懈半分。这般心细,必然会心窄,孩子回来晚几分钟揪着心,孩子有个头疼脑热提着心,孩子的成绩不佳会极度伤心。“操心积多成大疲”,积劳必成疾,积忧准酿病。病是人最大的不幸,不幸的人能是有福的人吗?

心宽是福,这个宽与福的关系就情理昭然了。

心宽是“拿得起,放得下”。心应该像筛子,该漏下去的就让它漏下去,留在上面的应该是“大”的。千万别像一只口袋,不管鸡毛还是蒜皮,无论陈谷子烂芝麻,统统装进去,这样的人活得

能不沉重吗？能不终日心事重重吗？

心宽是人的福分，它是情绪的快乐，它是心绪的轻松，说句老百姓的话叫活得省心、舒心。生活不苛待任何人，也不厚待任何人。把心放宽，就是上天的厚待、命运的优待，更是自己对自己的善待。

忘是养生金丹

人的一生是努力记事的一生,根本只有两个字——记住。尤其中国人读书最讲究这两个字,从古时科举到现在的高考,几乎考的就是记忆力,谁记得住谁背得熟谁就能金榜题名。然而,钱钟书为此而苦恼,他说他脑子太好,书读过事经过再也忘不掉了,什么事都记住是件很痛苦的事。

相信这不是卖乖,而是人生的体验。

在人生中,记住记牢固是法宝,但忘掉也是养生金丹,君若不信,试举一例。小时候都有摔破胳膊摔破腿的经历:曾摔过一跤,膝盖和胳膊都破了,膝盖更重。本来不去管它,有个三两天就会结痂,再过三五天结痂自然脱落,经过一季皮肤颜色也复原如初。然而,胳膊破处在明面,总在观察它,时不时地按一按,再用手试着揭一下结痂,终于揭下来了,伤口又重新流血,再次结痂。如此折腾两三次,最后留下一个疤痕。而膝盖处忘记了,早就好了,而且没留任何痕迹。

小事情寓有大道理,此文暂且不谈人生的恩恩怨怨,造成多年的耿耿于怀;也不说生活中的大事小事,弄得人"才下眉头,又上心头";只说自身疾病的记挂小心和达观。

曾向医生请教，什么样的患者最难治好。医生说，有两种人的病最难痊愈：一种是根本不在乎，视死如归；还有一种是特别在乎，最怕魂归西天。前一种你必须“缠”他，告诫、警告乃至“威胁”；后一种他“缠”你，恨不得一天24个小时滔滔不绝“探讨”他的病。这两种人和智商毫无关系，都是一种心理疾患。

人吃五谷杂粮哪有不得病之理。人生病是一种常态，就像天空偶尔飘来一片云，你不必动用手段去“驱逐”，很快会有风刮走它。人的身体也像天空，不是每天都“长烟一空，皓月千里”的，忽然某天起床头晕心闷什么的，不必介意。人体也似大自然，有调节免疫功能，许多情况下能自己调节好。而恰恰在这时候，有的人记忆力、联想力太好，大便不痛快想到直肠癌，小便不通畅觉得前列腺有问题，打个喷嚏疑感冒，听说禽流感立马感觉家中的鸡毛掸子都变成危险品。在某公园，有位常去锻炼的大爷，见到人的第一句话准是“我这糖尿病……”，后来人送绰号“糖大爷”。

对于这种人，忘病是第一要务。

人的身体也似电脑，存储量越大负载越重，就如同一辆超载汽车，启动和运行都会慢，而且耗损大磨损快，唯一的办法就是删除和清盘。人的脏器也需要轻松，负荷越小越好。然而，许多人恰恰把“莫须有”的疾病背在自己身上，用仪器来“没病找病”，用药物来维持“平衡”，靠喋喋不休的诉病解除精神上的紧张，甚至连做梦都围绕着病去填充内容。对于这种人，忘是养生金丹。

科学研究证明，忘老能使人年轻，忘病能让人快愈，许多时候忘记就能像结痂的膝盖，不理不睬它反而好得快好得彻底。世间的风景何尝不是如此：你忘记了春天/花儿突然开得满眼/你竭力去找寻健康/遍寻不见/待你坐定忘记了健康时/健康来到你面前。

爱是给牵挂埋单

有一首歌唱道"牵挂你的人是我",为什么牵挂?因为爱。情感如同返程的列车,它从这里出发到那里,再由那里回到这里,牵挂源于爱,因爱才有牵挂,爱是给牵挂埋单付账交费。

有了爱,必然生出诸多牵挂。"儿行千里母担忧"是牵挂;"可怜无定河边骨,犹是春闺梦里人"是牵挂。人的爱,有如丝线,牵着连着扯着挂着。爱,谁说不是一种痛并快乐着的羁绊,谁说不是累且舒惬的自愿,像不像在灯红酒绿挥霍后掏空了腰包,仍要说一句:值!

爱是付出。世界上有多少母亲,终生耕耘的是一个爱字,她们输出最多的是牵挂。在电视荧屏上,那些刚毅执著的名人,一提及弱智或病残的孩子,那种牵肠挂肚愁绪万千的背后,掬捧着天大的一个爱字。这个爱的实质是无尽的牵挂,牵挂像抛出的线团,最终把幸福生活缠结在了一起。

爱若无牵无挂,就等于没有了权利,那么义务也就消失了一样。创造米老鼠的沃尔特·迪斯尼,被人描述成"一个高个子的忧郁的男人,饱受内心苦痛的煎熬",因为他生在一个情感上贫乏

的家庭,这使他尽可能早地从这里逃出。一个给他痛苦的家庭,他回馈给家庭的也是痛苦;一个不牵挂他的家庭,他也就不牵挂这个家了。道理很简单,爱和牵挂不是单程列车,他们需有返程的。

东方人的爱总是不雕琢外表,而是在经营实质,一位嫁给西方老外的中国女士和她少时的女友说,这位洋老公真烦,天天清晨弄醒我,吻一下说句“I love you”就走了;中国女友则说,她的中国老公是买好早点悄悄地去上班,就怕吵醒她。在处理生病问题上照样是两种版本:太太生病了,下午洋老公的电话说,我买了一束花,祝你健康;中国的老公电话中问:好点了吗?吃药了吗?我早点儿回去做饭。

在这方面我们更接近实际,就像朋友聚餐后,衡量一个人不是看谁夸耀得调门最高,用的外交辞令最得体,而是看谁去埋单。从物质的层面说,这尚处于物质的形而下层面,然而那种纯粹精神的形而上层面我们似乎还没有迈上去。生活中,恰恰是这些“形而下”低层面的牵挂让我们心动怦然。

读了这样一篇文章,儿子从南方悻然离家到北京闯荡。下雪了,在电话中,和他吵翻了的父亲说:“快进屋,快进屋添件衣服。”仅此一句,让他的泪水夺眶而出。

爱,以牵挂的形式推出,牵挂牵出了无限的爱。“谁言寸草心,报得三春晖”呀。

埋单在北方叫结账,要用钱来了结欠下的账。爱,就是情感欠下的债,需要用牵挂来结账。心中有了爱,必然衍生出一连串的牵挂。毋庸讳言,这些琐屑的牵挂乃诸多的鸡毛蒜皮无关紧要。要知道,一对有力的丰满的情爱的羽翼,就是这些片羽根毛组成的,没有了这些“牵挂”的毳羽,我们怎能抵达爱的彼岸呢?

说"求之不得"

作家张贤亮在电视"艺术人生"中袒露心声,他说,人生的许多事求之不得,得之不求。虽是一个经常挂在嘴边的词,却能让人咀嚼良久。

人皆有所欲,于是就追求就找寻,《诗经》中的《关雎》篇中有"求之不得,寤寐思服",想追求却得不到,连睡眠都受到影响。后来这个意思隐退了,求之不得反而当作意外地遂愿。像某人彩票中了大奖,惊喜地说,得个二等奖都不敢想,竟中了一等,求之不得啊。然而,张贤亮用的是此词的原意。

作为群居动物的人类,许多的事情自己完不成,许多的愿望志向也离不开别人,于是就自然而然产生了一种作为——求。做学生时需向先生求教,贫困时向富人求助,甚至求贷求乞,需要通融时向对方求情,想得到爱情也要向异性求婚求偶。汉代的司马相如向卓文君求爱,为得对方垂青,煞费苦心地写了《琴歌》,其中"凤兮凤兮归故乡,遨游四海求其凰"。

求,主动作为。人为什么那么多的求?不言而喻,正面的说法是追求人生的最大值,负面的说法是欲望太大太多。前几年曾有中央电视台"焦点访谈"的人透露,来的人排成队伍,目的何在?

还不是来求情。在寺庙中，逢初一、十五，人头攒动、香烟缭绕，做什么来了？许多人是求福祉、求富贵、求平安、求免灾。一个“求”字耗进多少财力精力。

张贤亮所言的“求之不得”是“求之，不得”。再说得直白一点，凡事拼命地去求，反而得不到。也可以这样说，人拼命地去求，最多只能小得。

有这样一个规律，凡成大事的都不是直接地去求，想当大官的不是一门心思地搂着乌纱帽，想发大财的不是两眼直勾勾地只盯着钱，这样的“求之”常常“不得”。“因嫌纱帽小，致使枷锁扛”，“金满箱，银满箱，转眼乞丐人皆谤”，这常常体现“求”字作用下的转换。

现在的成功人士爱用“一不小心”这个词，譬如一不小心成了大款，一不小心成了名人，其中固有调侃、炫耀的成分，但也在证实一个规律，处心积虑、殚精竭虑固然重要，但时时事事一门心思只经营一个“得”字，未必能达到预期效果。

凡事都想得，于是都去求，求得越多，得的越少。这很像一株果树，果树的花开得多，并不等于果结得就多，果结得多不会个个是硕果。聪明的果农知道这样一个浅显的道理，提高果树的产量和果实的质量，必须要剪去多余的枝，就好像删去人的“求”，事事皆“求”常常事事无得。奇怪的是，世间的事有时得之不求，得到的，恰是你没有去求。鲁迅先生曾经讲过这样的话，大意是他死后一定要尽快埋掉，让人忘掉。相信这是他的真心话。恰恰相反，他所求的“速朽”得到的却是反义的“不朽”，至今他的名字仍如丰碑。这让人想起诗人臧克家的著名诗句：有的人死了，却还活着；有的人活着，却已死了。是不是可以转换话题回到这里：有些事拼命去求，不得；有的得，你却根本未去求。

个性需要主心骨

说到底，个性体现一种活法。芸芸众生，一人一个活法，不论怎样的活法，需与个性契合。

“五一”黄金周刚过，年年总有一批人，旅游回来就感慨一番，说很多景点人满为患，坐车住店人挤人，纯粹是花钱买罪受。话虽说得过头，但年年诉苦年年去。为什么？这里有一个时尚从众心理，让人不由自主。很像电影散场，一旦进入这退场的人流中，你走也得走，不走也不由自主地跟着挪动，从而“偏离”个性。这很像逻辑学中的二律背反，使本来相互矛盾排斥的东西又链接在一起。

体现个性，要有主心骨。

汉语的名词一般很实。小时候，大人们总爱说什么主心骨，一问才知道，在胸口上有一小块骨头，有的人摸上去明显，有的人不明显，明显的人肯定是有主心骨了。此词很直白，有主心骨就是主意正，不随波逐流，再进一步说，是有个性。

去山西平遥，见到一座连一座的四合院，游人们不分中国的外国的，一律仰着头张大嘴巴，赞叹它独有的特色。这里已当之

无愧地被列为世界文化保护遗产。相信，在祖国广袤的大地上，这样的建筑不止一处，平遥也不是最好。然而，在多年的运动和城市改造中，传统的房屋被视为城市的痼疾，百姓住房的更新换代寄希望于“拆”上。于是，特色被拆没了，而平遥城却独树一帜，个性凸显。

城市建筑的个性就像人的个性，常常因时尚的一哄而起，弄得人很尴尬。去俄罗斯旅游，几位哈尔滨的大款同行，看了俄罗斯建筑很不以为然，嫌那里太老太旧了。不无炫耀地说：“你看咱这疙瘩，都贴马赛克，穷老俄连瓷砖都贴不起。”是的，在农村，凡富裕起来的乡镇，都争先恐后的往墙面上贴瓷砖或马赛克，最终结果呢？谁不贴谁就不像乡镇企业，谁就不像乍富的中国农村。由此想到上世纪八九十年代，街上流行黄裙子，立马一片金灿灿。后来流行紧身裤，无论腿粗腿细肥臀凸肚，一律紧身裤，任何时尚流行不是个性，追风赶潮是泯埋个性后的从众之举。

个性需要主心骨。

天津有句俗话：“二小过年看邻居。”是说人家扫房他扫房，人家炖肉他炖肉。总而言之是“看人家”。由此想到时下的装修，人家做一个电视墙，咱也要做，人家用罗马柱，咱也来一对。说到底，这是一个活法的问题。

中国人都喊累，一部分累在追赶时尚上。本来生活并不富裕，人家买汽车了，于是他也买。累吗？很累的。你想想发动机一响，汽油万两，这是银子呀。就像打肿脸充胖子，勒紧裤带装瘦子，谁难受谁知道。

个性常体现在活法上，不需矫饰，不必装腔作势，真真切切地展示自我，必然是一个与众不同。但个性需要“主心骨”。有了主心骨就会有主见，就会自信、执著。他们张扬个性，绝不或很少混同在公共的时髦中,他们走在时尚前面或落在时尚后面,绝不与时尚同步。别人的叫好、鼓掌,无关他的"速度"。

这是什么?是个性。

个性,需要主见、自信、主心骨。

您摸到自己的主心骨了吗?

磨难磨出的是理解

对有些人来说，人生就是磨难。像生下来就是脆骨症，十几岁的年纪骨折八次；像他，天生白化病弱视几近盲人，皮肤头发雪白，极怕光；还有，刚经历了十来个春秋，家庭突遭变故，或成孤儿，或过早担起生活的负担……这是日前在《今晚报》召开的20名自强孩子座谈会听到的。他们的经历各不同，有一点惊人地相似，那就是他们很理解家长，理解亲人。

理解，首先金钱换不来，即使能换，也是一小部分。当今，独生子女的家长最苦恼的就是互不理解。日前读报，有《一个中考学生家长的日记》文章，是一位母亲从2003年2月21日至8月23日的日记，从准备中考到录取，家长心力交瘁，最终换回来的是“自费档”。她在日记中说：“在学校和老师面前，家长是不折不扣的弱势群体，我害怕孩子受委屈、伤自尊、遭歧视。”然而，孩子理解家长吗？根本不理解，而且极度反感。日前，一家大媒体对部分高三学生进行调查，发现如今的父子关系因种种原因处于一种渐趋疏离的局面，一些孩子表示，懒得和父亲说话。

这些不理解在结着什么样的果呢？恼怒、愤恨乃至仇视。本来是亲情,冷漠不算,还要生出怨怒,真合了俗话“养来养去养成仇”。

磨难是苦的,磨难的人生恰似茗茶,入口苦,咽下去却舌齿生津、余香盈口。我们常说,七彩生活,五味人生,生活的赤橙黄绿青蓝紫,人生的酸苦甘辛咸,构成世界的多棱多层面。任何一种色彩,都有其装饰作用;五味的任何一种,都有各自作用于人的物理作用。磨难,是人生的苦味,常常是,有了这“苦”,似乎就有了品味“甜”的对应物,于是与社会与家人有了沟通,有了交流;苦又是催化剂,它能让人早熟,让人成熟。成熟意味着承载,意味着负荷,当肩膀上一旦承担起重负时,理解就出现了。

前几年,“磨难教育”的呼声很是高喊了一阵子,尤拿出一衣带水邻邦日本的教育方法,以说明磨难教育的优长。道理一说全明白,但这却是说易行难的,说起吃苦受苦,谁家的孩子谁不心疼,常言说十指连心,舍得吗?就是我们坐在那,听20名自强孩子在那讲述,也不由人一阵阵心疼。吃这样的苦,受这般磨难,这完全是一种无奈,一种躲避不了的无奈,然而,恰恰是这无奈,催熟了一颗颗稚嫩的心,是不是这样的一个规律,“江山不幸才人幸”江山不幸却造就出一批旷世诗才,家庭不幸,也能打造性格坚毅、善解人意和富于爱心的人。

磨难,应该成为生活中的一味,尝了苦涩,才觉甜得可口、甜得入心,人只有凡事入心,才能理解。生活中,一个永远尝不到苦的人,不知甜的珍贵,不懂得珍贵哪会珍惜。珍惜是什么?是爱的表现形式,当人接受磨难时,会格外珍惜哪怕是一点点的“甜”,所以,贫困家庭的孩子每接受一点,哪怕是微不足道的一点,就会产生一次感动,这感动会化作理解,升华成爱与外界水乳交融。

磨难,不是心灵的绞杀;恰恰相反,它使心灵圆润光洁,晶莹如玉。

浅表性思维·浅阅读

什么叫浅？不深。为什么不深？太浮。许多人说，现在是集体大浮躁，再追问一句，大浮躁有什么症状？当然是有事不愿意细做，有书不愿意精读，凡技术不愿意深研。最终归纳为一句话：浅表性思维大流行。

我们的杂志报纸办得越来越花哨了，即使是书，都配上惹眼的图，一本厚书要是细数字数，超过十万字的那是“巨著”了。前些天，一位知名大学的博导送笔者两本书，大十六开，厚厚的，不禁肃然起敬。待回家打开一看，毫不夸张地说，似杂志大小的开本的书上，每页字不超过50个，整个一本书，五六千字。当然了。老子的一部《道德经》也仅五千言，可这也没必要浪费纸吧。

后来才想明白，这叫读图时代，这叫浅阅读。但这一位堂堂大博导弄这类像《看图识字》类的东西，大材小用了嘛。

一个时代有一个时代的风气，清朝文字狱盛行，文人墨客缄口，训诂学考据学炙手可热。毕竟那是深读精读真读书呀，并且出了一批巨擘大家。“板凳要坐十年冷”，这本是读书人的基本要求，在这里应强调一下，读书人坐的是板凳，不是圈椅、太师椅、沙发什么的。记得邓拓当年写过一篇《读书讲究姿势》的文章，说读书一定要端坐桌前。古代文人肯定比现代人读书多、写字多,很少听说得颈椎、腰椎病的,现代人动不动就颈椎错位、腰椎间椎盘突出什么的。浅阅读时代嘛,“用最少的时间读最多的名著”,“花最少的钱读最多的经典”,怎么会累成这样?

“浅阅读”风靡,浅表性思维必然与之比肩。真正动脑筋的事许多人是不愿做的,“功力”是东方国度最讲究的,中国绘画、汉字书法都是用功力体现内蕴,即便是武术,也是多年功夫积累成功力,做学问更离不开这两个字。浅表性思维或许是现代化带给人的便捷,短兵器时代蹿房越脊飞檐走壁是剑侠功夫的体现,一旦枪炮发明,这数十年的功夫在它面前能顿时化为乌有,谁还再费劲巴拉的练这劳什子,练百发百中的枪法就是了。在阅读上和这个道理也一样,傻瓜相机的出现最能诠释这个道理。什么光圈什么速度都不必计算,只要按一下就可以了,说到底,它们是决心将照相的人变成傻子。傻子不就是没有思维能力的人吗?

人聪明了,人把聪明用在了让自己省时省力省脑筋上。想想看,现代人比古人要舒服多少?爬山不用了,缆车代步了。走路不必了,汽车代劳了。读名著无需了,电视连续剧让你在最省脑筋的情况下“看”完它。在这么一个越来越舒适的环境中,雕章镂句皓首穷经自讨苦吃的人哪里找去?所以,人们连谈恋爱都用浅表性的情感,很像一池春水,涟漪再多只是水表面的“肤动”,骤然产生,骤然消失,心底的惊涛骇浪没有了,还会有惊心动魄吗?

浅阅读是浅表性思维的外在形态，土浅要起尘，水浅易起底,总之就是容易浮泛。凡事浮泛必然要躁,这像不像沙尘暴,因为地表没有扎根深的植被,于是风过沙起,连天空都变得暴躁起来。所以有人这样评价浅阅读:其结果必然产生思想的荒芜和思考的惰性。

糊涂明白莫颠倒

糊涂和明白是反义词,是对立的。但就是这对对立的词在生活中有时跑到一边去了。倘若不信,请往下看。

现在都说58现象。恰是一位年龄58岁的干部，一改往年作风,突然活跃起来了。热衷于项目工程,热心与房地产老板接触,热情地奔走于洽谈、宴会与合同间。他说,我现在才明白,以前是多么糊涂。可旁边的人都为他捏了一把汗,说,这老同志怎么糊涂了，怎么与这些人打得火热，这不是自己把自己往局子里送吗?

本是糊涂了,自己却以为是明白了。其实这好比是转向,把北认作南了。人生此类事太多了。

在电视、电影里,这样的镜头已成经典:低着头,一脸的颓丧懊恼悔恨,两手狠命地捶打着自己的脑袋,嘴里不停地在说"我好糊涂啊"!这时才是真明白了,相信在他没出事前,他一定认为他是世界上的第一等明白人。

人最怕"太明白"。

什么叫太明白，就是比大明白还多一点。民间有句贬语叫

“明白过头了”,往往就指的这类人。生活中总有这样“太明白”的人,其表现是,在他眼里别人都傻,他最明白。看别人上学拿文凭,他嘴一撇,费那事,办个假证照样用;见到别人照章纳税,他说傻;见别人为单位忙里忙外,他说傻。在他眼里,世界上一切事物都能投机取巧,都能化公为私。他的处世哲学是,便宜不占非君子,见钱不赚不丈夫。这等人,等到碰了钉子撞了南墙乃至“折戟沉沙”,大概才能真正明白过来。

人都是一阵明白一阵糊涂的,明白人难免办糊涂事,但糊涂人办不出明白事,糊涂人更是看不清明白事。清代的中兴名将一代功臣曾国藩是明白人,他明白自己的地位,明白自己的作用,所以他净做些别人看来是迷糊的糊涂事。本来功高盖世名满天下了,应该登高而呼说些豪言壮语,搞些大买卖赚些大钱,然而曾国藩在家书中却只谈些家长里短、鸡毛蒜皮,他在一封信中问:“二三诸女,已能做大鞋否?”他在问他的女儿们,会不会做男人的大鞋,在别的信中问弟弟们养猪种竹的事。

现代人看来是糊涂呀,你有职有权,还不趁此千载一时良机,赶紧抓挠钱啊,时机商机切不可错过。你曾国藩不做,还不让弟妹妻儿去做,真正糊涂到家了。事实却是,曾国藩是明白到家了。

作为权倾朝野的曾国藩捞钱太容易了,连和珅都没他容易。然而曾国藩却揣着明白装糊涂,没把手伸到权钱二字上,却把心思用在了自己读书和教育子女上,把眼光放在了做鞋、养猪、种竹这样的琐屑之事上,生前的曾国藩在风口浪尖上相安无事。倘若他像和珅那样“明白”,身首异地不说,怕是在热热闹闹的清代题材电视剧中除和珅之外还会多出一个曾国藩。

糊涂明白莫颠倒,为什么会颠倒?因为眼珠是黑的,银子是

白的，当眼珠盯着钱时，心里明白的是钱，糊涂的是理。钱怎么赚是明白了，然而却糊涂了世情世理，世情世理的界限一旦模糊，多明白的人处世为人必是一塌糊涂。

揣着明白装糊涂于人本无大碍，但若做自以为明白却是糊涂的事，那可是盲人骑瞎马，夜半临深池了。人盲马瞎不可怕，怕的是“半夜”，连个提醒的人都没有呀！

理念的执著是成功

很为一些人的执著感动。

一说到北京城，必提到梁思成，他为保护北京老城奔走呼号，一生九死而不悔。梁思成未能抵制住北京老城的拆建，但他却是一个名垂青史的成功者，他的成功源于他的执著。

人为什么执著？是理念上自认为的成熟。当然其中有时不乏偏执固执，但它透出的是自信，是主见，是不为时尚政见而摇摆的坚定。对任何一种成功，这是一个重要的前提。

如今，美式快餐麦当劳风靡大陆，雷·柯克于1961年以270万美元买下麦当劳，他的理念是“质量、服务、清洁和价格”。柯克本人有洁癖，他要求麦当劳从整体形象、泊车区、厨房地板到员工的制服都必须保持彻底的清洁。从他接手那一刻起，清洁成为他不懈的要求。他对清洁的格言是：“如果你有时间弯腰，就有时间做清洁。”这就是说，做清洁就像人的腰随时弯下一样，是时刻可为的事情。人们用耳朵和鼻子从一家饭馆得到的第一印象，常常决定他们是否会转身走开。

柯克执著的理念迅速使麦当劳家喻户晓，从1965年麦当劳

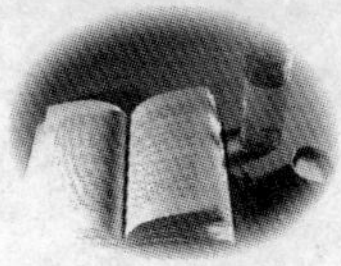

公司首次播放全国性广告开始，在6年时间里，麦当劳已为96%的美国少儿所熟知，这一点远胜于他们对美国总统名字的了解。治理一个国家需要思想，做成功一件事需要理念，成功则在于执著。

记得一位过世的篆刻家晚年总在后悔，他说早在上世纪50年代，好友就想调他到艺术院校当老师，若要去了，三四十年以后一定会像他的老友，是名扬海内外的著名艺术家了。曾当面问过，为什么不去呢？回答说当时顾虑太多。

人总在比较身边的成功人士，总觉得他和自己相差不了多少，甚至某些方面还能超过对方，其实，人与人真的差不了多少，真正让人拉开差距的是执著的理念。

天津有位画家叫梁崎，瘦小文弱，他一生对书画痴迷。“文革”后期，传说“请”他一顿烧饼馃子，他能在那里画上一上午的画。梁崎临过世前一二年曾采访过他，问过这类事，梁崎面无丝毫赧色，缓缓说，我那时纸笔都少，别人给我预备了宣纸，那是过画瘾呢。什么叫执著，执著是根本不瞻前顾后，更不会见风使舵，它是一种义无反顾的前行，它是不计功利的独步。所以，成功必须有虚席以待的执著。

执著是感觉不到辛苦的劳作，执著常常是异于时尚乖于时论的异端，他不补眼前饥，更非前程的铺垫。但是它是心灵与理念的契合，是从骨子里潜意识内生发出来的真爱。

我们抱怨机遇不与我们交臂，却不检束自己执著与否？成功需要你用一生去追求。宋代诗人陆游，把他的房室叫书巢，“乱书围之，如积槁枝”，客始不能入，进又不能出。筑巢书中，书中栖身，才有这一生作诗过万首的大诗人陆游。

执著能终生不移者，必能成功，哪怕是身后名。

为尴尬搭个梯子

尴尬是难为情,人一生要遇上多少尴尬,很难计算,但有一点是肯定的,尴尬总是不期而至,让人磨不开面子下不了台。作为人,要会为尴尬搭个梯子,让自己下来。

某国际影星去领奥斯卡奖,就在晚会即将开始的一刻,她高跟鞋的鞋跟断了,人成了跛子。这么重要的时刻,连发卡、袜子都要精心设计的,怎容出现这样的事故,尴尬突然降临了。这位影星当机立断,甩掉另一只鞋,光脚上台领奖。不明其理的人都以为是影星别出心裁的创意,于是获得满堂彩。

这位影星为尴尬搭个"梯子",自己体面地"下来"了。

尴尬是人的专利,动物没有尴尬。这是一种很高级的情绪,是人有了自尊和体面之后才会衍生的。但不可否认的是,有些尴尬是自找的,有些尴尬是别人强加的。

目前沸沸扬扬的金文明、余秋雨"口水战"就是尴尬的最好明示。金文明挑出余秋雨文章中的126处错误,余不认可,金、余二人僵了。著书著文者很像演员,舞台灯照着,唯恐别人看不清楚;麦克风别着,唯恐别人听不清楚,万千双眼睛盯在一处时,就会盯出毛病。这“毛病”肯定会让人尴尬，让人下不来台。但自己一定要让自己“下来”。侯宝林有段相声，说跑龙套的“棒槌”上台站错了地方，“一边一个一边仨”，观众喝倒彩，于是加唱了一段，猛地将他拉了过来，尴尬化解了。

在这个问题上似可用佛家的一句话：“过得自己过得人。”凡事总得过去，过不去这道槛，就别扭就气愤就觉得脸上无光。为尴尬搭个梯子，走下来就等于还原了体面，这也是人生的一个课题。

人的生活水平越高，人的素养越高，尴尬的几率也会随之而高，这是很容易理解的。一个饥饿贫困的人，连肚皮都填不饱，对于尴尬，其距离应该是很远的。这很像一件官窑瓷器，容不得米粒大小的“冲口”；就像豪贵的时装，不能有丝毫的瑕疵。越高贵就越脆弱，就越承受不起尴尬，然而，尴尬与体面是孪生兄弟，很亲密的，用句通俗的话说，没有梯子是绝对下不来的。

现在，书画家们的笔会叫表演，在众目睽睽之下濡墨挥毫，笔走龙蛇。下笔写画的不成样子怎么办？当众扯掉？这不等于演员唱错了重唱吗？很尴尬的。书画家们化解尴尬是很老到的。通常是若无其事地写下去，再故意写错一个字或漏写一个字，再做惊讶状：“错了！”于是可以名正言顺合情合理地团掉扔了。尴尬消失了。

为尴尬找一个梯子，既要“过得自己”，自己为自己解脱，同时也要“过得人”，为别人送上梯子，下得台阶。《三国演义》有“难张温秦宓逞天辩”一回，东吴派使臣张温来蜀，一得意忘形便口无遮拦，未想蜀中学士秦宓与之论起学问来，张温被问得张口结舌，十分尴尬。诸葛亮忙以“席间问难，皆戏谈耳”，搭个“梯子”，世间的许多尴尬非如此不好化解。

尴尬隶属心理学范畴,凡事一归入"心"常常复杂起来。书法家想避免"演砸了"的尴尬,要再制造一个错误,就化解了它;演员领奖出了高跟鞋的"断跟"事故,就甩掉另一只鞋光着脚,也击退了尴尬。无论怎么说,为在尴尬面前不失体面,手法还是各臻其妙的。

常存敬畏之心

毛泽东的秘书田家英是个大才子，好学深思，过目成诵，可惜天不假年，只活了44岁。他有枚闲章，上刻“长存敬畏”，一语而见其对自己的告诫。

儒家思想在我国一直占主导地位，其中一个很重要的理念是“敬畏”。人从很小的时候就被迫接受“危险教育”，让孩子懂得“怕”。不让乱跑，让你怕车；不让玩儿火，让你怕火；及到长成，让你畏天命、畏大人。总而言之，“敬畏”二字绝不可以没有。

古人什么都敬，甚至连带字的纸都去敬。“敬惜字纸”，带字的纸是不允许擤鼻涕、揩屁股的。至于见到先生，更是敬畏得不行，学生站着，先生们坐着。天、地、君、亲、师，没有一样不是让人敬畏的。说到底，敬畏不就是让人有所惧怕吗？

少时玩儿斗兽棋，象能吃狮，狮能吃虎……大象怕什么？怕老鼠。无论它们多大，无论它们多小，必有所怕，这是世界的规律，没有这样一个循环链，世界绝不可能成为世界。万物必有所怕，怕是制约，怕是收敛，怕也是谨慎。像斗兽棋，大象是天字第一号，什么也不怕，能遍吃天下之兽，这“棋”根本就没法下了，世界也是这个道理。

“大跃进”年代，提倡的是不怕天不怕地，不仅要改天换地，还要移山填海，对大自然毫无敬畏之心，由天灾而及人祸，最终三年饥馑饿死好多人。“文化大革命”，“造反”二字活生生勾勒出什么也不怕的横蛮。神不怕，毁庙；鬼不怕，掘坟；官不怕，斗“走资派”；人不怕，武斗就是这种“大无畏的革命精神”的表现，让人无所畏惧、无法无天。十年浩劫，让人们没有了敬畏之心。结束浩劫已二十多年，许多由敬畏而生的“不敢”消失了，变得都敢作敢为了。

如今，媒体曝光一些食品，由掺杂使假到使用化学手段，最后连毒药都敢用，与其说缺少诚信，毋宁说是缺少敬畏之心。以前的人，最怕因果报应，积福积德，阴骘子孙，不敢做太缺德的事，怕现世现报。以前的人进庙烧香，对菩萨存敬畏，战战兢兢；现在的一些人，做了坏事只想心存侥幸，蒙混一天说一天，哪信什么今世来生的。没有了敬畏之心，就像不怕警察的醉汉开车，逮着了算你的，逮不着算我的。

中国是礼仪之邦，核心是一个敬字，凡懂得“敬”的人，肯定是有礼貌、谦恭的人。一个孩子，他可爱之处，考察衡量的第一标准常常是有教养，有教养不就是尊老敬师友伙伴吗？畏字同样如此，畏自然，当然不敢与自然作对、与自然为敌；畏法律，当然不敢做违法之事；畏良心，当然不敢做昧良心、泯天良的坏事。

“长存敬畏”不等于活得战战兢兢，而是心中长存一种警策，让人时时事事想想如何敬人畏事。心存一个敬字，敬天、敬地、敬父母、敬上级、敬下级、敬同事、敬邻里，回馈的必然是平和、谦和。心存一个畏字，就不敢率意而为、不敢随意决断、不敢乱发指令，当然也就避免无事生出事、有事坏了事。正因为如此，田家英在庐山上与人谈起这样一副对联:“隐身免留千载笑，成书还待十年闲。”人若常存敬畏之心,在社会面前、知识面前,就能静心屏息,去除浮躁,真真切切、踏踏实实地去实践人生。由此好人能不一生平安吗?

“进退两难”辩

有句俗话：老母猪钻篱笆，进退两难。颇为形象。老母猪坠着大肚囊子，卡在篱笆缝隙中，进也难，退也难。前观评剧《秦香莲》，突然想到这句村言俚语。

《秦香莲》一戏中有三个进退两难的情节：一是陈世美，当结发妻携亲生的一双儿女找寻到他时，陈世美是进也难退也难。“进”就是认下，认下发妻就是犯欺君之罪，眼下驸马爷的身份全成泡影不说，弄不好还得搭上脑袋；“退”就是不认，然毕竟有骨肉亲情，有贫贱相依之恩，真真是难啊。二是韩琪难，韩琪奉主人之命追杀秦香莲母子三人，当他得知真情后，想退吧，主人要“钢刀之上验血痕”，你不杀她，主人要杀你；想“进”吧，这手无寸铁的妇孺无辜，怎下得了手。三是包公难。当皇姑、皇太后来开封府，威逼包公释放陈世美，包公倘若“进”，斩了陈世美，肯定前程要毁于一旦；若要“退”，包公一世公正廉明的名声要大打折扣，此事千难万难，最终是进退两难。

人生，没有退路时，其实不难，难的是有进路也有退路，是进是退，怎么走怎么难，这才是真正的难。

兵书上有句话叫“置之死地而后生”。把人放在没有退路的死地上，你不拼肯定是死，退路已绝，反正是死，于是人就横下一条心。在许多成功人士的履历上，大概都有这种没有退路的境遇。然而当人的面前既有退路又有进路的时候，才是对人的大考验。

人生的进退两难其实是思想上两个营垒之战：一方是金钱权力；一方是良心道德。《秦香莲》剧中的“两难”就难在这两方面。丢抛良心道德，就能享荣华，高官得做骏马得骑；恪守良心道德，就要丢乌纱帽甚至掉脑袋。这是一个“两难”的选择，正如范仲淹说的“是进亦忧，退亦忧”。

作为人，芸芸众生中能有几人在生死临界点大公无私、大义凛然？怕是绝大多数人一事临头都要权衡利弊，择生弃死。所以儒家提出“舍生取义”。要么丢掉生命义薄云天，要么苟且偷生不仁不义。道理说起来明白，但做起来何尝容易。

生命是宝贵的，对于人只有一次，视死如归对于唯物主义无神论者尤其难，因为他们认为没有什么天堂、什么转世。此外名利权力，这是人生最大的诱惑，有了它，人活得就自在就舒适。恰恰正是这些，摆在人的面前供人选择，这种有退路的人生抉择都不会不慎重、不犹豫的。就连包公这么一位清正廉明大义大勇之人，在关键时刻都想退步抽身，拿出俸银三百两给秦香莲，让她别打官司，回家教子读书去。

世界是充满诱惑的世界，你进一步就等于接受了诱惑，你退一步，就等于拒绝了诱惑，相信，道德的底线，人性的良知为人生筑了一道防火墙。陈世美的犹豫、痛苦，韩琪的决绝自刎，包公的最后决断都在说明良心道德的作用。由此也说明，人的进退两难是因为泯人性、灭道德之难，倘若人没了道德、丧失了人性，人也就没有了“进退两难”。

向生活妥协

“生活”二字涵盖太大了，你只要生着活着，在生存存活的领域中，都可以说是生活。吃喝拉撒睡，油盐酱醋茶，生老病死婚丧嫁娶，无一不在生活二字的圈子里。在生活中，必须学会妥协。

一说妥协，让人立刻想到退让、躲避乃至屈服，一说妥协，就像看到它的孪生兄弟软弱一样，它派生出服软认输认命等，与坚忍坚韧抗争奋争形成强烈的性格反差，及到人格上，更显得猥琐丑陋。

在生活中，其实妥协是必要的，更是必须的。

人生就像一根弦，抗争、奋争是绷紧它，妥协屈服是放松它，一根弦紧了再紧，紧了还紧，其后果不说自明。我们常讲，“文武之道，一张一弛”，“张”是紧，紧张嘛，“弛”是松，松弛嘛。那么，什么是文道，什么是武道呢？孔子所讲固然是指周文王周武王的修身和礼乐之道，但文道有“隐武事，行文道”之义，那么武道可以说是勇猛孔武。再进一步说，文道武道交替使用，就有“一张一弛”的功效。这很像一把胡琴，不用时把弦放松，用时再调紧。

由此想到一位朋友，他读书爱穷根溯源，不弄明白不肯罢休；他擅书法，于是学古文，背古诗，尔后再攻《说文解字》。又觉

得文字学还需要有教育学、心理学乃至逻辑学的知识，就又埋头于这些领域，最后年方五十英年早逝。古代贤人说“读书不求甚解”，不是说治学态度不认真，而是说许多学问上的事穷毕生精力根本解不开，“不求甚解”不就是妥协吗？

“夸父追日”的故事都知道，这位夸父立志追赶太阳，但喝干了黄渭两河的水仍被渴死，他遗下的手杖化作一片邓林。从这神话传说中，我们可一窥古人的用意。何故将之命名“夸父”？夸，大言也，父乃夫也，说白了就是一位说下大话(也可以说是立下大志)的男人。他没有爽约也没有妥协，而是一步不停地追赶太阳，精神固然可圈可点，但结果白白喝干了两条大河，壮志未酬。

妥协是量力而行知难暂退，诸葛亮的六出祁山，姜维的九伐中原，史家都说是不量力而为之，就是现代歌谣调侃的“给苍蝇戴手套，给蚊子戴口罩”谁办得到？凡事一定要量力而行，这本身就是明智，更是一种妥协。

一位读者曾来信诉说苦恼，说看到报刊上这么多的好文章，怎么自己就写不出来呢？确实有这样的人，写了一辈子的小消息，写了一辈子的“葵花灯下”，诸如房漏、路堵、下水道不通这类小事，这没有什么不好。人生绝不是永远上台阶，从小学中学大学直到博士后，有的人走不进大学门，她妥协了、放弃了、不走了，并非说人生就没有路了。很奇怪的是，人生很像“手把秧苗背朝天”的插稻秧，是一种“倒行退步”。然而，人生许多场景就像插秧——“原来退步是向前”，更重要的是，能在自己的前面留下一块越退越大的广袤的“人造绿地”。

向生活妥协是向生活讲和，但这并不等于一路滑下去，而是找到一个双方都能接受的底线，很欣赏这样一句话——

我可以妥协，直到达成协议。

再说向生活妥协

工作是生活的一部分。有一首歌唱道:幸福生活哪里来?要靠劳动来创造。劳动固然有脑力和体力之分,结果是一样,为了生活。为了生活的工作,妥协更是必须的。

李白是最狂放不羁的,他说“安能摧眉折腰事权贵,使我不得开心颜”。这句诗透露了一个信息,就是李白曾经有过摧眉折腰事权贵的经历,才会有不开心的体验。的确,李白在唐天宝元年(742年)受到皇帝唐玄宗的召见,此后代草王言、侍从游宴、待诏翰林,此种“工作”肯定要“摧眉折腰”,肯定“不得开心颜”,由此可见李白这位诗仙确实妥协过。

记得曾读过一篇《机关》的随笔,在这篇文章中,历数机关能将一个棱角分明个性很强的人,磨砺成像鹅卵石一样光滑滚圆。这就是说,凡工作的地方,它有着很严密的程序,有很强的规矩和十分严整的规格,你想端这个饭碗吗?必须要服从它屈从它。这让人想起张乐平的《三毛流浪记》:三毛被一个街头卖艺的人领走,到家后他给三毛拿来一只凳子和一杯水,三毛接过来坐下要喝,对方告诉三毛,要立在凳子上向后弯腰,用杂技的架势去喝。这就是工作,它不会是享受,是精力、脑力和体力的付出。

就在近日,天津许多大公司招收员工,有的公开说,凡有两年以上工作经验的大学生优先录用。“工作经验”不是技术特长,只是曾经的一个工作经历而已。这重要吗?其实这里隐藏着一个玄机,工作过两年的人,他们都曾有过妥协,有过妥协的经历;他们打碎自己的梦想,让现实开始驻在梦中;他们打破自己的生活习惯,用新的生物钟来适应上班的节律;甚至他们的表情都在妥协,定格到让上级给予表扬的那一类型上。这些正是合格员工的一个基本底线。

固然我们有许多坚持,譬如说固守某一种理念,有时为了自己的个性,也有时为了公众或个人的利益。在坚持中妥协,在妥协中坚守,这或许是人生的一个最佳契合点。1956年,松下电器与日本生产电器精品的大阪制造厂合资, 总经理西田千秋向上级松下幸之助请示开发新产品,然而松下一口咬定“只做风的生意就可以了”。于是西田在电风扇之外研制生产了排风扇、暖风机、鼓风机和换气扇等等。本来西田要开拓新的领域,然而上司限定了他,西田妥协了,没有坚守初衷,但是他在上司圈定的界域内完成了一个个的辉煌。由此我们假设一下,西田不妥协,固执己见,肯定是行不通的,俗话说,做事不向东(家),累死也无功。你捧的是人家的饭碗,不听人家的听谁的?

妥协是工作的必须,妥协是双方和平前提下的磨合啮合。工作关系就像两只齿轮的关系,一只转动而另一只就是不转,扯得另一只齿轮也不转,啮合太紧太松不行,二者离开了各转各的也不行。这就需要妥协。妥协不是软弱的,它可以转换成生活的润滑剂、工作的亚动力,正如俄国作家车尔尼雪夫斯基说的:“理论是冷冰冰的,可它能教人去获得温暖。火柴是冷的,火柴盒子旁边擦火柴的地方是冷的,木柴也是冷的,但是它们能够生火,给人做出热腾腾的食物,并且使人的身体暖和。”“妥协”何尝不是如此。

又说向生活妥协

有这么一个规律，凡家庭较为和美的，夫妻关系融洽的，肯定有妥协的一方。

有这么一种现象可为佐证，据调查，在与子女同住的城市老年人群中，70%以上的老人和女儿女婿居住；同样，在隔辈人的抚养上，随外祖父外祖母的比随祖父祖母的明显要高。在中国这样一个父系有着明显地位的传统国家，“养儿防老”的观念受到前所未有的挑战。“养儿莫喜欢，养女莫悲酸”，现代城市已显露出“女儿养老”迹象，这一切是不是源于家庭中丈夫的“妥协”？

在家庭生活中，妥协的目的是什么？举一不恰当的例子，两国交兵，一方妥协求和，求和就是不想打了。夫妻在生活中，无论任何一方的妥协就是想求和。记得在天津交通台刚开播的时候，请我和爱人去直播，适逢我们的一本《夫妻咖啡屋》刚出版。我为这本书写的序言，主题就是讲夫妻下一局和棋，就是讲谁也不要想赢谁，下成一局和棋最好。讲完后，电台的一位朋友握着我的手说，怎么没早点儿听到你们这个观点呢，早听到我们肯定离不了婚，我们都太好胜了。

老子有一句名言:“胜人者有力,自胜者强。”我们的好胜并非是战胜自己,而是想“胜人”,是想战胜别人。在两人刚刚结婚的时候,双方家长都怕自己的孩子“受气”,孩子若能在家庭生活中处处占上风,是否心中会有小小的窃喜?夫妻不仅仅是情爱上的耳鬓厮磨,更是性格、兴趣、习惯上的磨合。越磨越合必然是越亲昵、感情越深。若是越磨越格格不入,这肯定距离婚不远了。这“磨合”的过程,就是一个相互让步、相互妥协的过程。

夫妻生活中,一定要学会妥协。妥协,就是求和讲和。可以这样说,夫妻间的矛盾常常是:进一步,天崩地裂;退一步,天晴日朗。许多家庭的悲喜剧,就是这一步之差。

世间最难说清道明的是夫妻间的家务事,清官难断家务事,这一句话就揭示了家务矛盾的是非不清,理数不明。这“官”们在夫妻问题上能断的大概只有一点,就是离婚。在大多数的家务纠纷中,其中不少就是一个退一退、让一让的“妥协”。双方都想进,像两辆汽车顶在一条窄道上,谁也不让,谁都坚持,最后的结果只能将历史定格在这里。你不退永远也进不了,如果你退了,路就让出来了,其实你也“进”了。

向生活妥协就是在寻求一个最佳的底线，尤其是夫妻永远不会在一个水平线上。丈夫生活陋习多,妻子必须要忍一忍,丈夫也要改一改,这样“水平”在双方的妥协下会找到一个底线,就会相安无事;在情感上,妻子常常要细腻的形而上的,丈夫喜欢粗犷的实际的,双方尽可能地妥协。这很像是走路,你越让,路显得越宽,走起来才会越通达。

在平平淡淡的生活中,在普普通通的房檐下,会有多少大是大非?在这些日常生活中,在这些无原则的琐事下,退让妥协会造就我们一天又一天的平和与快乐。

还说向生活妥协

在农村插队时的确体验了这样的现实：在村里，某人死了就会议论好多天，成为村民"忆往昔"的新闻由头。在这种议论中发现了一个规律，凡五六十岁就去世的人，大都是年轻时很能干也很健壮的人，而年轻时就病病秧秧弱弱巴巴的到老了越来越壮实，反而享大寿。这真应验了"破罐熬好罐"这一俗语。

应该承认，人与人天生的禀赋差异很大，记得当年往粮仓内运粮食，有的人能扛着三百斤的麻包走跳板，有的人连一百斤也扛不起；《三国演义》中，说蜀中名士张松"一目十行，过目成诵"，就是说他能同时看十行字，而且看过去就能背下来。这种人虽未遇见过，但确实见过一篇文章看过两至三遍就能背诵的人。然而，生活中有几个人能达到这程度？

人是有血性的动物，体现在不服输、不服老和争强好胜上，体育和武术尤能体现这种精神。然而，生活只是生活，倘若谁将赛场、武场的极端竞技状态引入到生活中，肯定要亏气、亏血，让身体亏本儿。

一位书法篆刻家身大力不亏，就是走路有些蹒跚，一问才知，年轻时拜师学武术，天天练抬腿顿脚，结婚以后仍苦练不止。50岁后感觉膝盖肿痛，医生告知是年轻时锻炼过激营养跟不上所致。这位篆刻家说，这是用恒心用咬牙换来的“病痛”，假若当年他妥协一下，不仅减少锻炼之“痛”，更会化解今日之病痛。

凡事一定要有一个度，这个度也可以理解为底线。时下望子成龙之风尤甚，身残志坚者、自学成才者、硕士博士者，这些楷模书上有、报上有、身边也有，所以家长最爱说的是“你看人家”，而孩子最烦的一句话就是“你看人家”。还是那句话，人和人天生的禀赋不同，后天的境遇各异，十根手指都不一般齐，怎么能和“人家”一般高？在孩子的学习上家长永远不会妥协，孩子别的什么都可以就合凑合，唯有学习成绩越好越不嫌好。曾采访过一位母亲，她对孩子的学习要求极严，连孩子坐在她自行车后的回家路上，也要背课文、记英语单词。就是因为有一次考试未考好，孩子害怕不敢回家，吓得小便失禁，此次得了尿毒症。这位母亲悔愧万分，说若知道这样的后果，无论如何也不会逼孩子的。

在原则问题上我们不会轻易妥协的。生活中我们都各有各的原则，有的人原则是事事不甘人后，有的人原则是孩子教育不放松丝毫。当某一件事上升到原则高度时，就意味着不顾一切、不惜代价地力图保持。人的注意力高度集中到一点时，肯定要出现“生命不可承受之重”，小则要病，大则要命。固然，情况需要时，“我以我血荐轩辕”是壮举，但在生活中，能有多少这样的机会呢？在每天日出日落的轮回中，都是普普通通的日子，在这些普普通通的时日里，我们的身体本钱有限，即使你年轻，你也“透支”不起，“欠债还钱”尤能体现在生命的过程中。

妥协，看似柔弱，其实比硬充好汉来得实际。老子有一句至理名言:柔者胜刚强。古人尝拿牙齿和舌头作比,坚硬的牙掉光了,而柔软的舌还在。在生命的历程中,也存在这种现象。

想长寿吗?想健康吗?向生活妥协。

活出新鲜

“十一”黄金周,似乎外出旅游一周就能捡到黄金,浩浩荡荡的人流,在大街小巷浩荡着。人们见面已不是“吃了吗”,而是“出去(旅游)了吗”,像是不出去就有病似的,然而一旦出去,在一望无际的人海中游弋时,蓦地觉得在这时日出来真的有病了。

活出新鲜,并非过时的话题。

活出新鲜需要主见,有这样一个规律,无主见的人常常去追逐新鲜,有主见的人常常创造新鲜。当你拼命寻找新鲜时,新鲜就在你的身后。

在一个比较高级的小区内,有这样一个“时尚链”:一些闲居在家的大款少妇,常以上班族的白领为“榜样”,某一天发现她们的领口低了,露肩无袖了,于是赶紧转时装店;而这些白领的“榜样”却是几位“老外”,她们早早起来健身了,打网球了,而且骑一辆“跑车”,于是白领们也不赖床了。后来发现,这些并非是“老外”的专利,大清早,农村来的小保姆们与“老外”聊得正欢,夸奖小保姆们脸颊红肤色棕——敢情是她们在学她们。

在世界上,存在着无数的“链”,这些链环环相扣,环环相连,最后首尾相接,这就是说最开头的一节要与最后的一节连在一

起。我们现在常用“返璞归真”一词，说白了就是，人到中年愈见成熟、愈见老辣，老到最后成老顽童、老小孩，转了一圈，又和童稚连在一起了。所以，像毕加索、凡·高类的艺术大师，艺术发展到顶级时，类似儿童画了；新鲜走到顶端时，就是“不新鲜”了。

活出新鲜，不仅是用高科技、高消费来刺激，真正的新鲜恰恰在不新鲜之中。

在山西平遥，那老房、老街、老城门，大家祖祖辈辈生活在那里，早已不新鲜了，谁不希望把外面世界的精彩、新鲜移植到这里？然而他们把他们认为最不新鲜的东西存留下来。当世界的眼光停驻在这里时，这里却成了千里万里找不到的“新鲜”。联合国将这里确定为世界文化遗产，五大洲各种肤色的人来这里看“新鲜”，全国各地的人来这里看“新鲜”，山西平遥人祖祖辈辈在家门口哪看过这么多的新鲜事、新鲜人，他们真正活出了新鲜。

作为人生，能有什么启迪呢？

活出新鲜，就是活出主见，活出自我。活得不新鲜的人，常是那些拼命追赶新鲜的人。正因为他们的“追赶”，却不能到位，只是学了一些皮毛而已。还说“十一”黄金周，据香港统计，节日期间上百万人次到香港旅游，但香港的大饭店酒店的入住率仅达六七成，比平日未高出多少。原来许多内地游客宁可五六人合租一间房挤在一起，带着许多辣酱、方便面，吃着白水泡饭。生活习惯固然无可厚非，但这样的旅游，是不是因为人家都去旅游了，我们只好被动地也一定要去旅游？这种从众的举动算不算活出新鲜？待黄金周尘埃落定，他们一定会说，花钱找累，花钱受罪。

活出新鲜，不在于本身是否新鲜，而在于不逐时风的主见，有一个新鲜的观念，就会有一方有特色的自我天地，在这一方有特色的天地中，无处不新鲜，无时不新鲜。

寻找自己树上的果子

人有一种心理是与生俱来的，那就是眼睛盯着别人手中的东西而忘了自己手中的东西，按心理学的说法叫知觉的选择性。这样的选择结果是忽略甚而忘记了自己。

做一个实验，拿两只相同的球，一只交给幼儿，另一只拿在我们手里，很快，幼儿会扔掉手中的球去拿别人手里的那一只。若说这是“小儿科”，那么在成人世界中又是怎样一种状况呢？

做一次这样的测试，将两筐成色相同数量相等的苹果分给两个人，两人不约而同地觉着对方分到的苹果既好且多。

人常常忽略自己周围的果子，而去注意他人领地上的果子。如果我们将果子比喻为幸福的话，我们感觉别人的幸福比自己多，自己的幸福既不多也不好。

这种幸福的知觉递减是享受的天敌。

人在知觉上最易忽略自身进而忘掉自身，不是吗？佛界中有一则禅话，舍多那尊者正要进鸠摩罗多房间，罗多把门关起来，舍多那在外敲门，罗多说：“屋里没人。”这不是开玩笑，生活中我们常常有这般小失误，回答时未将自己计算在内。再如预报天

气,先总结上周天气如何如何,再预测下周天气如何如何,许多人并未发现“本周没有了”。

正是忽略了自己的,常常舍近求远,常常劳而无功,常常自怨自艾。

在农村插队时，农民下地都要背一只筐，遇上摊牛粪拾起来,有柴火捡起来。一到田间休息时,有人就去割草,或喂羊或当柴烧。一位姓李的农民总在自己身边割草,许多人笑话他,说远处草多这里没草。然而,每次他打的草总是最多。他说,别看远处,多看身边。

幸福的果子就在自己的身边,就在自己的树上。

从生理角度说,我们的眼睛有盲点,从心理角度说,我们的心中有盲区,这种“盲”是视而不见,但最大的问题是目光聚焦在了他人的“树”上。

我们每个人都有“树”,树上都有“果子”,而且是果实累累。年轻的时候,有青春的果子,让我们享受青春;健康的时候可以乐享健康的果子;年老的时候可以享受夕阳的绚丽,也是很惬意适口的果子。即使失去了健康、消逝了青春,只要有生命,就有生命的果子,就应该乐享。

寻找自己树上的果子,随时都有,到处都有。假如你看不到它,满眼的果子都长在他人的树上,肯定是知觉选择性的错误,世界上找不到自己幸福的人是最不幸的人，这种不幸是认知上的最大不幸。因为这种“不幸”的起因是他(她)的目光死死盯着别人树上的果子,并在贪婪嫉恨地计算着数字。

被誉为补白大王的郑逸梅老人曾以这句话告诫自己:“不与贵交我不贱,不与富交我不贫。”与贵人富人不交际不交往就是不看不比。死盯别人的人是忘掉自己的人,与别人攀比的人是蔑视自己的人。幸福常植根于自我意识强的人所拥有的土地上,果子常高挂在惬意舒朗的心态这棵树上。一个能经常在自己的树上找到香甜果子的人,幸福就永远挥之不去。

虑别过远

古语道:人无远虑,必有近忧。古语之所以流传至今,肯定它还能左右生活、指导思维。为杜绝或减少"近忧",国人都爱远虑。只是近年一开放、一比较才发现,我们比那些发达国家的人思虑得"远"多了。

要承认,东西方文明不同,"今朝有酒今朝醉"是形容那些只看眼前,不问明天的人,对这类人我们多含有讽刺乃至鄙夷;"花明天的钱"是西方观念,就是说今天把以后挣的钱先花了,就是成语说的"寅吃卯粮"。其间差异巨大,中国人的旧观念是今天花光今天的钱都不行,而国外不仅花光今天的,连明天的也搭上。仅此一端,可见我们的"虑远"。

秦始皇就"虑远",他称始皇,是要以他为始,二世三世乃至万世地传下去。皇家的万岁万万岁更是"远"得可以。然而,诸葛亮是个明白人。且说诸葛先生临终之时,后主刘禅派人来问,说丞相百年之后,谁可继任?诸葛先生答,吾死之后蒋公琰其宜也;又问蒋之后谁可继任,又答费文伟可继之;再问文伟之后谁继之,诸葛先生不答,已撒手西去了。先生应该知道,凭刘禅那副心胸,福祚岂能长久,不必再作远虑了。

可是,如"诸葛大名垂宇宙"者谁能望其项背,我们照样如此般地"远虑"下去。"人生不满百,常怀千载忧",这是世代承袭的观念。我们常人所忧的是什么?是子是孙,乃至重孙。这或许是东方民族的伟大之处。这并非自诩,在我们周围,有多少人真正为自己而活?可以说"先子女之忧而忧,后子女之乐而乐",忧在先乐在后。不仅忧在先虑在前,而且虑得十分长远。据报载,一些大款们不仅给孙子们预备下豪宅,甚至连坟墓都预留好了,且不论这件事的利弊,仅此,国人们的"远虑"可窥一斑。

为子孙"虑"什么?有人会不假思索地说,钱。许多人拼命地挣钱,玩儿命地攒钱,就是为给儿孙多留些遗产好过活。记得清代一位大官根本不给子孙留什么钱财,有人问他,他回答道,养儿不如我,留钱做什么?养儿胜过我,留钱做什么。想想也是这么个理儿,生的儿子若是个纨绔子弟,放荡挥霍,留多少钱也会踢蹬光的;若生的儿子知书上进,没有遗产也能创出一份家业。在这一点上,主观愿望代替不了客观现实。就像秦始皇,给秦二世创下的基业不可谓不大、不可谓不牢靠,一个阿房宫光烧就烧了三个月,一条万里长城至今还是天下奇观,可惜这么大的家业"二世而斩"。

世事如棋,你能算出三步远,已是绞尽脑汁,但谁敢说胜算在握?因为世事如棋,有无数的变数隐含其中,有的可以预料到,有的根本无法预期,说到底就是,儿孙自有儿孙福,何必远虑添忧烦。

由此想起一个佛家故事。有源律师来问:"您修道,还用功否?"师曰:"用功。"又问如何用功?师曰:"饥来吃饭,困来即眠。"又问:"一切人都如此,不是像您一样用功吗?"师曰:"不同。他吃饭时不肯吃饭，百种须索；睡时不肯睡，千般计较，所以不同也。”

一样的吃睡，一样的生活，只因这些“过远的虑”，让我们寝食不安，忧烦一天天。

虑别过远罢。

接受新的自己

人的一生是一个不断接受的一生。一年四季,晴晦雨雪都必须接受,有的人接受春天的和煦,拒绝接受夏天的酷热,但春夏秋冬的轮回"不为尧存,不为桀亡",无论你是何种心态,该它来了就来了,该它走了就走了。对于自己,也有一个不断接受的问题。

每天早上醒来,首先接受与否的是自己。每天都是一个新的日子,都会有新的自己。这种"新"有渐变,有突变,有惊喜,有残酷。不说意外事故造成的突变,因为毕竟对人群的几率很低,只说常见的。昨天还在岗,今天下岗了,看着表的时针指向八点钟,你必须接受无岗可上的自己。昨天还是普通干部,今天晋升要赴任了,门外的汽车和办公室内谦恭的目光,你必须接受你的升迁。

无论你是沮丧的接受还是亢奋的接受;无论你是主动的还是被动的接受,现实每天都摆在我们面前。宋代的范仲淹在《岳阳楼记》中告诫说:"不以物喜,不以己悲。"面对现实的"物"我们常常窃喜;面对自己时又常常自悲,范仲淹所讲的这八个字其实

道出了“接受自己”的大课题。

人到中年揽镜自照，鬓角斑杂的白发，眼角细碎的皱纹，腹部凸起的赘肉，你能接受自己吗？于是乎有人“逆潮流而动”，染发、美容、减肥，这些主动的“出击”掩饰着惶恐的无奈，掺杂着依恋的怀旧，鼓动着茫然的追求。这就是说，他(她)不接受今天的自己，恨不能找回昨天的自己。这像不像一个人，只接受春天的艳阳和秋日的收获，而不要冬夏寒暑的两极。事实却是，你接受与否只是心理上的接纳推诿，现实你必须接受，没有商量。

人生有许多由不得人的事。记得少时读《红楼梦》，看到袭人在宝玉出家之后，本来袭人要“从一而终”为宝玉守节，守节不成又要殉节。谁知她想死都由不得自己。人想延长生命难，在医院多少人祈盼妙手回春出现奇迹，但生命一个个地完结了，由不得人。若想结束生命大概比这容易多了，但人们真的面对死亡时，会恐惧、畏葸而下不了手。面对新的自己生不得生、死不得死，这般的生活，质量能高吗？

既然许多事由不得人，人何苦逆之而动呢？就像面对大自然，我们必须顺应它的规律，人生何尝不是一个“顺应”的过程。你顺应了，就等于承认大自然的大规律，认同了人生的大法则，面对月缺花残鬓白体胖就不会黯然神伤，就会面对现实、面对真实的自己而坦然、而平和。

人生是一个不断得到又不断失去的过程，青春来了，青春走了；健壮来了，健壮走了。在这个过程中既要面对又要禁得住损失，从不甘心到坦然面对、微笑接受，就如同粗沙在蚌肉中炼成珍珠，这是一个不适应到痛苦的过程。嫩肉与粗沙的对话是灵与肉的搅磨，但汁液慢慢地把嫩肉的痛苦缠裹起来，随着时间的拉长，随着岁月的侵淫，有一天心结解开，呈现出的才是珍珠耀目的光华。如果你的心结解不开，这将是一团永远的痛苦横亘心中，所以总有那么多的人、有那么多解不开的心结，天天生活在苦恼和郁闷中。

接受新的自己，即使在苦痛中也会是一天朗照，不信就试试。

保持陌生

陌生的反义词是熟悉。万事都是由生至熟的，“熟”是人们由“生”的艰涩而至熟的轻快，像“熟读唐诗三百首，不会作诗也会诌”，这是“熟”后的成果。再有“人熟是一宝”，说明与人熟悉就像有了宝物一般。其实，陌生对人颇有裨益，保持陌生就保持了一种思索。

陌生首先是警惕，警惕的后面是安全。

人与人之间的陌生是警惕。在马路上，一个陌生人与你说话，顿生百倍的警惕；在生人面前，无论仪表、表情都有庄肃的成分，说话也字斟句酌。凡是有经验的交警会告诉司机一个很让人困惑的规律，越是你熟悉的路段，越在车少人稀的时候，越是事故的高发期，正因为你已不陌生了，于是放松了警惕，于是危险会偷袭成功。

陌生还能规避陋习展示优点。

彬彬有礼多半由于陌生。有句话叫“熟不讲理”，在这里可以解剖一下这个词，做些“分镜头”：熟悉的朋友相见，不必做作，不必化妆，说话不必咬文嚼字，做事不论谁吃亏谁占便宜，这样的交往多是陋习大展示。许多时候恰恰因为熟而不讲理，衍生出龃龉，演化出隔阂，最终不欢而散。而陌生，常给人以约束，还人以矜持；陌生，常能导演出一幕温良恭俭让的独幕剧。

还有，陌生是前行的动力源。

有诗云：长风破浪会有时，直挂云帆济沧海。这里说了一个风与帆的关系，风疾帆饱，帆张风至。陌生正如这鼓帆的风。任何事都有一个由生至熟、熟能生巧的过程。“巧”是什么？说巧是投机取巧大概有些言重，说巧是窍门似乎接近。在这里以书法为例。有一学生，自幼练字，也得过些奖项，但后来几乎没有长进。拿来他写的字一看，告诉他，写得太熟了。

“熟”不好吗？中国不是讲究倒背如流吗？这种熟越熟越浮泛，越熟越油滑。读书写字讲究一个“生”字。举一个简单的例子，找一个你最熟的朋友，你经常踢破门槛的朋友，请你说出他的小区名、楼号栋号房间号，越熟的反而越说不上来。在做学问练功夫方面，熟悉的就是不假思索，就是脱口而出，就是没有经过大脑皮层。还回到练字上来，天天写熟悉的帖、熟悉的字，于是就像机器人的机械动作，重复到闭上眼不用想就能写，岂不成了写字机器。机器是人的生产工具，绝非创造艺术的智商。熟读、熟练总让人忘记精思二字。

保持陌生会带着警醒、带着约束、带着思索，像面对着一条陌生的路，人会寻找新奇、躲避危险而紧张思考。记得一位作家说，同是读经典书，有的人是读页，用眼一扫翻过去；有的人是读行，一行一行地看；而有的人是读字，一个字一个字地咀嚼。可以这样说，“读字”的人对其书文肯定常有陌生感。

在学习上，谁能保持“陌生”谁就是佼佼者。当过老师的都知道，让学生们复习，一看就知、一翻就熟的学生成绩不会太好，而那些总读总有生疏感的，总能保持领先的成绩。道理很简单，有陌生感的就思索，一思索就生疑问，一有疑问便寻根求源，正如古人所谓“书从疑处翻成悟，文到穷时始有神”。

春捂之悟

一到初春，南风一吹天气变暖，许多人迫不及待立马脱下冬装。不几日寒流一来，报纸准有报道，医院爆棚感冒者多多云云。由此想到老俗话说的“春捂秋冻”。

春捂就是说在早春时节冬装不要急于换，宁可“捂”着热一些；秋冻是说深秋寒流乍至，可以适度地冻一冻。其中是有科学道理的。人的排热系统主要靠汗毛孔，外界温度高时就会张开排热排汗，外界温度低时会闭合保持体温。“春捂秋冻”其实是一个预热和预冷过程。让身体稳步向下一个季节过渡，利于身体的健康，譬如“春捂”，就是将汗毛孔在较“热”的情况下打开，逐步适应变暖的气候。从中我们能悟出什么道理呢？

凡事都有一个“热身”的过程，像重要赛事临近，都要搞几次热身赛；临近高考，考生们都要经过几次校级、区级乃至市一级的模拟考，名曰“考前热身”。这种“热身”是将一个本来冷却的东西向高温过渡。别说人，即使是一块石头，在它冷却时突然加温，它就是不炸也会出现裂纹，保持一件物体的完整和维持人生命的健康是同一道理，都要有一个缓冲和过渡，否则肯定要出现大麻烦。

人的一生很像火星探测器，必须要从父母的呵护中“着陆”，着陆要有缓冲装置，自身还要有保护装置。在这期间硬碰硬会头破血流，总是“不着地儿”，不接触社会就会变得低能。实现软着陆，既快且稳步入社会，等于经过了一个“春捂”过程。

任何生命个体皆离不开由低至高、由高再低的曲线运动，由低至高可喻为“春捂”增温，由高至低可喻为“秋冻”减温。生命是季节的更替，逃不脱春夏生发秋冬聚敛的大规律，切不可“反季节”。固然，高科技能让菊花夏绽，能让冬日结出西瓜，这种反季节的花果颇受青睐，受益也颇丰。作为人，尤其是在健康这个大课题下，一定要顺应大自然，在这一点上似乎古人比现代人来得清醒。

大自然是一座很准确的时钟，日升月恒，春来秋去，很有规律。“天人合一”，人呼应着天，天也顺应着人，这就形成一种平衡，不仅默契，而且和谐。古人的养生理论是与大自然互动的，所谓吸取日月精华非玄虚之论，而是很朴素的与自然互动的观点。比养生更进一步的是修行，修行一进入宗教显得玄之又玄，其实无论是深山老林中还是老刹古寺内，无非是人与大自然和谐共处，在四季更替、日月轮回中与之共进。

生命的参照是时间，时间的对应是季节，人面对的是阴晴冷暖。季节是时间的转折，阴晴是每天的变化，在这转折之处变化之时，能否实现“安全行驶”，需要知晓“春捂秋冻”这样的类似浅显但深蕴哲思的道理。人在季节面前，绝不可以“领季节之先”，这对那些时尚的另类的人来说肯定是悖论，但对于羽翼未丰的龆童、对齿摇发稀的老人，更要遵循养生的大规律、大法则，因为这两类人都处于人生曲线中的“低水平”，不可与大自然“争锋”。人在天地面前保持“低调”，在与之“同步”的同时“预热”一番，或许免却若许疾病的痛楚。以上聊作春捂之悟罢。

学会“神补”

翻开报刊，打开电视，“不尽大补滚滚来”，补硒补锌补钙，从未听过的这元素那元素的，都得补。固然，中国传统养生都谈食补和药补，这好理解，也能做到。在生活提高物质丰富的今天，吃些山珍海味，用些人参灵芝的，不是什么难事。问题在于，进补只是先花钱后服用的事；人们需要的不是这个过程，而是最终的效果。

古人告诫说：“药补不如食补，食补不如神补。”药补为什么不如食补？是药三分毒，不当的药补肯定要“毒”坏人的。人参鹿茸很好，滋补最佳，谁见过拿人参鹿茸天天当饭吃的，那样非补死人不可；那么食补呢？按现在人的话讲，天天过年似的。大快朵颐的结果，一些人脑满肠肥不说，“三高”(高血压、高血脂、高血糖)接踵而来，这食补谁敢说越补越好。所以说要学会神补。

何谓神补？有些形而上了，是非物质的。神是何物？是精神，是心情，是情绪。据北京某机构调查，现今中年人的生活压力是50年前的25倍。这种压力作用到个体的人时，它压向人的哪里？不是压向人的肠胃，不是压向人的胳膊腿，而是几乎全部压向人的精神，人的精神压力大，精力耗损就多，此时的“神补”是最需要的。

神补不是虚拟世界，一旦“神”缺失，就叫精神崩溃。现在，日本是发达国家，第一世界，而其自杀的人数却数前列。这些人中身体缺的不是锌、不是硒、不是钙，而是“神”。

一个人的神气统帅着人的精神世界，一个善于“神补”的人肯定能精力充沛、神情乐观地生活着。天津有这样一位诗人、书法家，多年前摔断了腿，一直卧床。在这间陋室中，谁进去都会感到凄凉冷寂落寞，然而，其自己却活得有滋有味，天天写罢字再吟诗，放下书又拿起帖，报刊经常见到他的名字。在他每天的日程表上，绝无什么缺失，而有很多补益。这就是“神补”作用于生活的真实写照。

药补或许能使人筋骨强健，但不能让人情绪乐观，食补或许能让人气壮如牛，但不能让人神清气爽。一个精气神饱满的人，仅靠药补食补是达不到这种状态的。“神补”补的其实是一种境界。

一些人活着总觉得“亏”，觉得亏必然想补。总有这样减肥的人，不敢吃又怕身体亏，于是用药片来补；总有这样“履行”职务消费的人，不挥霍公款就觉得亏，于是用钱作为对自己的补偿。这些人缺的是“神补”，缺失的是一种境界。

懂得“神补”的人是充实，精神的充实。前些年流行一种“没劲”的人，说上班没劲，不上班也没劲，活着没劲，死了也没劲……这些人大概物质上不缺什么，大概身体各部件也都灵活健全不缺什么，可是唯独缺少的是精气神儿，一种精进的勇气，一种做人的境界。

“神补”不是物质的，所以也不是用物质和金钱能交换的。就像有钱能买来高级床却买不来好的睡眠、有钱能买来婚姻却买不来幸福一样，神补是境界，需要用学习作阶梯，需要用修心当舟楫，需要以顿悟为动力。学会神补，是打开身心两健之门的一把金钥匙。

生活需要情节化

戏剧需要情节，没有情节的戏不吸引人。情节是坡，让人随着一起爬，情节是扣，让人跟着一块儿解。生活不是戏，但戏是源于生活凝练，是将生活情节化，于是，它能将人聚在一个空间里，随着戏剧情节的延伸，跟着它喜悦焦虑和悲伤。

生活不需要演戏，但需要情节化。

我们许多家庭太缺乏情节了。生活中的苦涩常常是不经意制造的情节，生活的变故等于突然出现强刺激，意想不到的是，陷入低谷的生活正是情节的高潮。

王嘉鹏，一次震惊全国空难的幸存者，然而12岁就致残了，同机出事的还有他的父亲，其人生的低谷出现了。但王嘉鹏在母亲的悉心照料下，克服大脑损伤造成记忆力衰退等困难，一步步攀登，1998年在众学子中脱颖而出，成为中国内地第一位进入挪威世界联合学院的学生。之后，他创作了自传体小说《撑起生命的蓝天》，由于他多方面的佳绩，被挪威媒体誉为“中国英雄”。王嘉鹏在这部纪实电视剧中担任主人公，甚至挪威王后、首相亲自为他配戏……

看到了吧,生命的低谷开启人生情节的高潮。当然,我们谁也不希望以生命的低谷作赌注,来赢取生活情节的戏剧化。问题在于,我们能否在平淡的生活中,使之情节化,打破生活的庸碌。

生活对于常人而言,太平常太平淡了。突然某一天早上,精神特爽,情绪很好,可能做了一个好梦,好梦必是由情节组成;或者是发生了一件什么事。记得一位姓孔的朋友曾描述过这样一件事:一天早上醒来,枕上放着一支孔雀翎毛,上有纸条写着:"与你同宗的鸟来了,但我相信,你姓的孔和它姓的孔词义不一样,你说得上来吗?说上来今天奖你一块蛋糕。"这时他蓦然想起今天是自己的生日,通过查字典,知道这"孔"当大讲,孔雀是大鸟的意思,这个生日过得让他难忘。

这是情节化的魅力。

生活需要去制造情节,我们常常不知不觉充当了导演的角色。高明的"导演"会让情节喜剧化幽默化,就像赵本山的小品,连两口子吵架也吵得让人前仰后合。而拙劣的"导演",这幕生活剧干巴巴没有情节,连自己都哈欠连天没劲透顶,还指望它能出现精彩的一幕吗?

我们或许都有这样的体验,在动乱年月,在饥馑时期,那种把美好的东西破坏了给人看的悲剧,能让人记住一生,成为经历中的财富。但是,谁也不愿意在人生的舞台上扮演悲剧角色,况且,在当今这个相对安定的年代,谁不想舒适安逸平静?人就是这样一个矛盾体,当吃糠咽菜的岁月尘封土埋后,那糠菜竟成为梦中的"美食",为什么?因为那其中演绎着诸多的动人情节。

生活不应该以悲剧作为情节,应该把生活"演"成一部轻喜剧。一些人是跟在生活的缰绳后面,任由它牵着,或艰难或踉跄地走着;而一些人,是把缰绳放在身后,让生活跟着他的脚步,今

日拼命工作或悠然品茗;明天登山观景或涉水冒险,他的身后留下的是一串串永远的情节。俄国作家契诃夫说:“人是自己幸福的创造者,如果你要幸福,你就会幸福。”

生活中会创造情节者,幸福就在前面。

走近感动

曾听说过这样一件事情，一对恋爱中的男女看一部悲剧电影，女青年哭得一塌糊涂，而男青年滴泪未掉，于是女青年与之分手了，嫌他心太硬。

从心理学角度说，女性比男性易于感动。感动是什么，它不似激动那么血管扩张，亢奋兴奋，但也是情绪的宣泄与释放，是情绪在外界环境影响下的波动，从脑电波可以看出强烈的上扬走向。甚至有研究这样宣称，女人之所以比男人寿命长，是她们从不将压抑横在心里，而是及时迅速地将其表象化，从而减轻了心理负担。

由此说来，感动益于身心。

倘若从更进一步的层次上来说，让感动与人近距离乃至零距离，将会使人由感动而生感激，当进入感激这一层面时，周围的一切便簇拥着微笑向我们走来。

被生活感动，进而感激生活，谁能悟透个中真谛，他将永远生活在快乐中。不是吗？记得调查过一些大学生，许多人坦言很少被感动过，觉得烦心闹心的时候反而多。越是条件好的家庭出来的孩子,心存感激的越少,都是一肚子的牢骚怪话不满意;认为自己是世界上最痛苦最不幸的一族。然而一些困难家庭出来上学的孩子,虽然受过艰难吃过苦,对父母都铭感五内。记得一位男同学很不屑地说,父母给他买了80平方米的偏单,太小气;而一位家住伙单的女生说,我毕业赚了钱,先让父母住房改善,在这样的条件下竟把我培养出来了,真感谢他们。说着眼圈红了。此时她的心被感动着,肯定是一份快乐杂糅着一份感激的兴奋。

生活塑造性格,但并不等于被感动。性格需要刚性,如刚毅、顽强、坚韧,很像水泥中的钢筋,增加了自身的强度;但性格的刚性不是冷酷绝非无情,只有在人的心性中添加进感动,才能将百炼钢化为绕指柔,才能使刚中增韧添柔,才能与情互动与感激共舞,成为一个有热力的人。

感动是心性良善的前提,正如诗人,常常面对落叶残月而黯然神伤,也常被饿殍民瘼刺激得潸然泪下,被感动者才会有诗。但是,对那些“铁石心肠”的人来说,自己利益领地之外,都会视而不见充耳不闻,这样的人极少感动,更不会心存感激,他们凡得到的,都认为是天经地义本该是我的,心不存感激者必心生不足。当一个人把自己看作是世界的中心,心不存一丝感动时,他会傲然、漠然、淡然,世界与他就是北极对南极、冰冷对凛冽了。

感动是火,首先温暖的是自己。生活中并不乏感动,其实很像空中电波,我们常缺少导体的接收;感动是一堆篝火,走得越近越觉得温暖。当你的心被感动被温暖了后,它将发出热能辐射给周围。

人是需要感动的动物,物质世界的常规是,暖的热的是动的是活跃的,而冷的是静止的凝固的。感动是负面情绪的正面,是

“朝阳”的暖色，一颗经常被感动的心，即使眼角噙的是泪，但嘴角含的却是笑；它虽然常常被放在艰辛和艰苦坎坷中，生活的重负使之上气不接下气，但在气喘吁吁之中，绝少闲气、闷气。科学证明，让人致命的第一杀手就是这个“气”字。

接受感动，走近感动，让真情感动我们，让我们捧出真情。

你能享受闲吗？

倘问什么是闲？别人会笑，就像对成人发问一加一等于几那样。其实越是简单的，越未必想得清楚，未必看得明白。

闲是什么？闲就是没事，没事就是轻松，轻松就是舒服。俗语说，好吃不如饺子，舒服不如倒着。闲很像“倒着”，躺在那儿是最舒服的姿势。

然而，人却是这样一种动物，忙起来的日子有滋有味的，然而闲下来却浑身难受。不信，有词为证。

记得宋人王诜有一首《蝶恋花》，词曰：“镜送黄昏鸡报晓。昏晓相催，世事何时了？万恨千愁人自老。春来依旧生芳草。忙处人多闲处少。闲处光阴，几个人知道？独上高楼云渺渺。天涯一点青山小。”其中“忙处人多闲处少”说得十分剀切。人都在奔忙，如今这个时代尤甚。你看现在的孩子，在妈妈的腹中就被“胎教”，学龄未到就被“预热”，然后小学、中学，一直忙到考研考博。这还是人生的前半段，后半段就更可想而知了。

正由于从襁褓中就忙，每天睁开眼皮就忙，一旦闲下来，忙的神经适应不了闲的无事，所以这阕词中该问，“闲处光阴，几个人知道？”问得真好。

人忙的时候喊苦,若闲下来的时候更叫苦,大概这其中另有隐衷,有首诗道出根由:“自嗟名利客,扰扰在人间。何事长淮水,东流亦不闲。”忙就像是淮河水东流,不舍昼夜。虽不分昼夜的忙,却是充实,却是兴奋。为什么呢?道理很明了,这忙都是有目标的,就像水往东流归大海那样,有目的有目标,无论是为名还是为利,无论是为家庭还是为个人。

越忙,人越高兴,越不忙,人反而失落。很像一座舞台,忙的人生就像返场的演员,唱一段,下面拼命鼓掌,越下不了台,越唱越高兴,越累越亢奋。没有掌声的闲呢,却让人失意怅然。忙是生活的快节奏,闲是生活的慢节奏。人家支配他的时间时,他忙得昏天黑地抑扬顿挫高兴充实;当自己支配自己的时间,他闲得五脊六兽没抓没挠。可不可以做这样的结论——

忙,虽然难受,但能忍受;闲,即使好受,但却受不了。这真应了这么一句俗话,没有受不了的罪,却有享不了的福。

忙固然是一道人生风景,闲更是人生难享的福分,所以宋人王诜的词中那句问话“闲处光阴,几个人知道”,问得太妙了。因为在忙的时候,都知道如何忙、怎么忙,很有章法。可惜一面对闲的时候,“几个人知道”?我们且拿自己做一测试,在你人生的阶段中,最忙时肯定是一段有声有色的人生,在闲时却是黯然失色的阶段。倘如此,敢说你是会乐享闲适的人吗?

忙与闲,恰如书法艺术中的黑与白。一般的书法家,一门心思地摆布“黑”,怎样运笔,怎样使墨,怎样使笔画挺透、章法谨严。但是真正的大家,是计白当黑,在无墨的空白处经营。这样的作品出来,愈显匠心独运,愈会卓尔不群,这种“白”的艺术比“黑”的艺术不知高明多少。

享受闲吧,那不是人生的空白,其中藏蕴着真美大美。

人是陀螺不能闲

有时乱想:人是不是陀螺,生活是不是鞭子?鞭子不停地抽打陀螺,陀螺不停地转,陀螺只有转才能稳稳地立住。生活不抽打它了,它停转了,也就倒下了。这个常识大家都有,陀螺一旦停转就立不起来了。

这像不像人的忙与闲?

忙是生活的必需和被迫。所以挂在人们嘴边的现成话是:“我不忙吃嘛!”此话天津人都懂,意思是我不忙靠什么吃饭?这句话很对,正是这样的观念,让人忙一生,闲不下来。忙的是这张嘴。

有朋友嫁给法国人,回国探亲很感慨地说,和外国人比,中国人都是大款。一问才知,外国人挣得不少,但除去贷款、税款到月头基本盆干碗净,根本没什么存款。但是,再穷的中国人都有“后手”,口攒肚勒的每月存点儿。中国人过日子总觉得以后得出点什么事,总得有用钱的地方。生活真像鞭子,抽打着我们,从不敢停到不想停、不愿停。

大概谁都承认,闲不创造价值,但却是钱的消耗,是精力无谓的耗损。这种忙闲观各个时代有各个时代的不同。记得在“广阔天地大有作为”的知青时代，正如古语说农民：“春不避风尘，夏不避暑热，秋不避阴雨，冬不避寒冷。四时不闲，无日休息。”然而在村里有一户当时条件下生活较富裕的农民，他在劳作休息的片刻，别人“抽袋烟”，他割草拾柴；老婆和儿媳妇在家烧火、做饭、喂猪、喂鸡完了，还要纳鞋底、做针线。他的口头禅是，坐着也是坐着，两手别闲着。对于这样的人，闲是对他最大的惩罚。

现在不会或曰不能享受闲的也大有人在。封建社会，告老还乡含饴弄孙是人生最大快事。现在一些人就怕“到点”，从五十八九时就犯憷，就忌讳，备觉办公室、办公桌好亲。闲对于他们来说就像犯了错误被撸下来一样。这又让人想起了那只陀螺，不让工作(或曰权力)忙得团团转，就立不起个儿，就提不起神儿。

这样的人都需补上“闲”这一课的。

人若缺了“闲”这一课，就真成了一只陀螺，生活的鞭子总在抽打，一刻也不停，一停手就要“倒下”。正如有篇随笔写的，一位朋友退休了，转天就病倒了。打个不恰当的比喻，就像鞭子突然停止了“抽打”，他不转了，就倒了。

人生的忙闲是有阶段性的，该忙时则忙，该闲时则闲，这是自爱，也是爱人。忙了一辈子，贡献了一辈子，闲是补偿，闲是休养生息，这是自爱。由闲而得调剂、而得健康，省药费不说，还不给他人添麻烦，这不就是爱人吗？

人不应该像陀螺，等不转的那一天，就是倒下的那一刻。生活上，中国人固然反对“吃干赢净”，但也大可不必只忙无闲留的“后手”太多。唐代民间诗人王梵志告诫世人：“得钱自吃用，留着柜里重。一朝‘厥摩师’(死)，空得纸钱送。”

话很俚俗，却深刻。

处世淡些有真味

一家有名的饭庄，一位有名的厨师，谁都知道最拿手的是最后那道羹：奇鲜无比，妙不可言。后来他的徒弟请教个中奥秘，他只用五个字道出玄机——淡些，再淡些。

学生毕业的谢师会上，学生们一个比一个用华丽的辞藻，声情并茂地朗读、讴歌老师。而最后一位学生，未说一句，向老师深深地鞠了一躬，老师颊上立刻有了一道晶莹的痕光。

羹为何奇鲜无比？因为淡；老师为何这般感动？没有浓艳的词，还是因于淡。这让人想到宋人欧阳修的一句诗：“世好竞辛咸，古味殊淡泊。”世事都有辩证法在其中，情浓到了极致时，反而成为淡，就像人悲到极点时，常常无泪。而喜到极点时，反而泪雨滂沱。但在人世间，被世俗凡情所囿，为显示一种热烈、刺激，“世好竞辛咸”，然而真正的至味、真情却在淡中凸现。

淡，是生活的品位和艺术的妙谛所在。有副很有名的联语：“品清似水；人淡如菊。”水是无色无味的液体，形容人的品行清透，以此作喻，可窥水之清；人淡如菊，此淡作无味讲。菊花无香气，最显高洁清雅之气。其实，水与菊最根本的相同点在于，都是无味的、清淡的，只有具备了这一点，其“真味”才能显现出来，才能长久地被人接受。

淡，是绵远，是层次。

书法中的浓墨不被世所重，清代黑大圆亮的馆阁体书法一直为后世攻讦，而书法中的淡墨，以其无穷的变化愈显雅致。在茶中，绿茶没有花茶浓郁的香气，但它更有真味，入口后淡淡的清苦愈品愈醇厚。所以，淡不是浓度的稀释，也不是无味的代名词，个中禅意颇深。

两千多年前的庄子曾说过一句至今仍流行的话："君子之交淡若水。"什么不淡呢？还有一句话是"酒肉的宾朋，柴米的夫妻"，"酒肉朋友"比淡如水的"君子之交"浓烈多了，但稍有一点常识的人都知道，有酒有肉是朋友，无酒无肉是路人，谁也不认识谁了。那么"淡若水"的君子之交，却能见真情显真情。正如白居易所体悟的："阳春曲调高难和，淡水交情老始知。"从年轻时一直到老，保持着"淡水交情"，从这漫长的时间跨度来说，未因其"淡"而消失，正因为"淡"而真情能维持这么久远。

处世淡些，反而有真味。这很像那道羹汤，聪明的厨师绝不让它浓浓的、咸咸的，而是让它清清的、淡淡的，鲜味真味反被托出来。这很像时下的谈情说爱，浓烟烈焰灼死人，但不争的事实是，许多现代版的情爱朝不虑夕，离婚率也不断攀升；而那静如潭面、淡若清水的"柴米夫妻"们，却很有规律、很有感情地生活着，其生活的真味就在这平平淡淡之中流淌着，充溢着。

说到这，似乎可以破解这个淡字了。古人说，淡也者，五味之中也。酸苦甘辛咸是五味，唯有"淡"能中和这五味，使之浓度降下来，人才能长久地食用。试想，甜顺口，酸适口，天天吃糖喝醋行不行？若要吃怎么办，必须使之淡。只有让它们淡下来，我们才能下咽适口，只有淡下来，其原有的真味我们才能品出来。

处世为人欲得真味，别忘了这个字——淡。

学会偷闲

大凡说到偷，皆非光彩，凡字一与偷组合就顿生苟且和贬义。然而唯有两个由偷组成的词却是褒义：一是偷闲；二是偷光。

有句诗“将谓偷闲学少年”，宋代诗人梅尧臣有“忙中唯此是偷闲”，《醒世姻缘传》中，“妯娌两个，每人偷了工夫喂蚕”。这里的偷是抽出、挤出，偷闲就是挤出闲时。

偷光是成语凿壁偷光的省略。是说古时有个叫匡衡的，家贫晚上想读书却点不起灯，见隔壁邻家每晚烛光高照，于是就将墙壁凿了一个小洞，让光透过来。说他的“光”是偷来的一点不冤枉。然而这一“偷”反让匡衡流芳百世。

偷，固然是品行不端。偷光读书，偷闲养心，却是一种提高，也是一种境界。在当今这个时代，“偷闲”应是人生一大课题。

现代人的忙闲应从两头说：一头是工作、生活节奏快了，在经济高度发达的地区工作效率高、时间利用率高，很忙；一头是人本主义的生活将人从忙吃忙穿的劳碌中解脱出来，不必生炉子做饭、不必缝衣做衣搓板洗衣。人的双手从琐屑的手工劳作中刚解放，另一种闪着娱乐光圈的金手铐套在人的双手上。时下人类已具备了24小时娱乐消遣的条件,声的、光的、电的、三维立体的,听觉的、视觉的、触觉的,它像大肚魔,可以吸纳走现代人全部的闲暇。话到此处问一句:你是不是觉得很忙?

人在时尚面前像是电影散场的观众,是被推挤着、被拥着走的,根本没有驻步的可能。当年胡适曾说中国人的两大嗜好即打麻将和嗑瓜子,这是半个多世纪以前一些人的生活写照,这些人很"忙"的,忙不迭地洗牌出牌,不住嘴地嗑了吃嗑了吐;现代人更忙,生活很像进入网络,将高运转、高速度、高便捷编织在一起将人网住的时候,只需动动手指按下键,那人就像戴上一副舒适豪华的金手铐,终日会与忙俱忙了。话到此处提醒一句:你要学会偷闲啊。

不可否认,许多闲是偷来的。苏联作家高尔基,他童年时到一位绘图师家做仆人,只有晚上别人睡熟之后,才能借着神龛上长明灯的光亮偷偷地看书。这书是偷偷租来的,这时间是偷(挤)来的。我们的许多闲暇,常常也靠"偷"的。

现代人难有闲暇,难就难在一旦掉进时尚的漩涡中不仅停不下来,而且下旋力把人卷到漩涡深处,越转越快,工作的快节奏是为了应付高消费,生活的高频率是为了追时尚,我们就是在这时代的滚筒中与"闲"愈来愈远。

会偷闲,是截取一段时间留给自己,是给自己留下放松的机会。在当今时代更需要这一种偷闲。农耕时代的人,就像那没有窗子的洞穴,黑黑的夜写的就是一个闲字;电子时代,那荧屏就是永不关闭的大窗,总在上演不歇的忙剧。闹中取静、忙里偷闲不仅仅是玄机参禅,却也关乎境界,一种特立独行的境界;同时,也关乎养心,让情绪平缓下来,远离目迷心乱的喧嚣,逐步形成自己独立的生活节拍。

幸福跟着简单走

孩子问父母,什么是幸福?妈妈拍着他的脑袋,指着枕头说,躺在上面,盖上被子,闭上眼睛,幸福就来了。孩子认真做了,转天孩子醒来后说,我知道什么是幸福了。

一位留守女士过生日,晚上她想,我一定要度过一个幸福的夜晚,她先是等越洋电话,也等待好友的电话。她抚平床单本想躺上去,可又想应该摆上杯冰茶,还有香烟,再拿上一本杂志或书。为使有气氛,还须燃上一根蜡烛,将鲜花再重插一次……就这样折腾了一晚上,待她倚在床头时,一股躁闷袭来,哪有什么幸福?

幸福跟着简单走。

我们很喜欢把生活弄得复杂。殊不知复杂常让我们面临选择、比较、权衡和决定,这些使人心力交瘁,越来越不耐烦。国外有则寓言,在一头牛前面等距放上两堆一样多的草,牛最后饿死了。因为它不知先选择哪一堆草去吃。这是一个道理,当生活是1时,幸福是百分之百;当生活是1+1时,就复杂了,同时也就减少了幸福的纯度。信吗?

香港女记者闾丘露薇在伊拉克战争打响后，是第一位冲进硝烟弥漫的巴格达的华人记者，她在接受采访时说到女儿："香港的小孩子大都这样，生活很简单，要求也很简单。我希望她一直简简单单、健健康康、快快乐乐就可以了。"这是看到生活真谛的至理名言。

孩子简单幸福就多。孩子的世界是一个简单的世界，男女两童玩儿"过家家"，买菜做饭给孩子看病都模仿，这是大人世界的"1"，幸福的家庭就是这样简单。在"过家家"中，根本没有第三者插足、包二奶等，这太复杂了。由于孩子的生活很简单，要求很简单，简单就易于实现和达到，幸福和人的距离缩短，幸福来得就早就快。过程太复杂，程序过多，外在条件要求过于苛严，就等于将幸福放置到天边，这很像夸父追日的传说，没追到太阳，半路就渴死了。

许多复杂是我们自己培养起来的。譬如失眠，这是病态，大概有时是心态问题。为了一个整夜无梦无醒的睡眠，从床垫的软硬，枕头的高低，周围的噪音和灯光的明暗以及窗帘的厚薄，要求不可谓不严格。对外在条件要求得愈严，就愈复杂，好的睡眠离他越远。真正的睡眠很简单，根本不用枕头。在新中国成立前的商界流传这样一个故事，一个商人某晚睡不着觉，掌灯撩被发现了一根头发，睡不着原来是被它硌的。后来商人铺面倒闭了，回老家种地，躺在满是土坷垃的地里枕着锄杠睡得呼呼的。

幸福跟着简单走，简单是幸福的大前提。可惜的是，我们在生活过程中，却在有意识地制造着复杂。养狗，古已有之，千百年来，犬吠鸡鸣是村墟的景象。狗，给个残汤剩饭的一直繁衍到现在。现在的许多狗娇气得很，天冷要穿狗衣，吃食要荤素适量维生素齐全，甚至"非典"来了戴口罩。把简单的事情复杂化，是人的本事。这样一个复杂的“狗生”，大概离“幸福”很远了。试想，靠自身的狗毛御寒肯定比穿棉袄舒服；戴上口罩肯定别扭，是不是人在制造着复杂？

当人们拿着频道选择器，坐在电视机前抱怨可看的节目越来越少时；当我们进入超市看着只一个醋就有几十种，无从选择时；当面对几个甚至十几个异性朋友让你“从一而终”时，复杂给人的只是眼花缭乱、心浮气躁。

复杂冲淡幸福，幸福需要简单。

幸福是一种文化

在旧时北京流传一句话:“树小墙新画不古，一看就是内务府。”这是讽刺清末时那些暴发户,有了钱盖宅院,附庸风雅挂字画,但由于时日太浅,栽的树未长大,新盖的房院墙太新,挂的字画也不是老字画。财富需要积淀,风雅需要学识。那么幸福呢?需要的是文化的介入。

许多文章曾论述,幸福是一种感觉,与金钱无关。大多举一个例子,就是海边一富翁见一穷汉晒太阳,很怜悯他。穷汉问富翁来做什么?富翁说:拼命工作赚钱,最后来海滨做日光浴。穷汉说:我这不是正晒着太阳了么。

这个例子其实偷换了一个概念，其结果在表面上看是一样的,都是晒太阳,然而实质却迥然相异。人的幸福若是向往追求后所得到的,那是享受;若是不追自来的,不仅没有感觉,甚至是煎熬。

在海滨浴场,烈日下许多人躺在沙滩上,这是花大钱买来的享受,不是吗?而在农田里,农民是什么感觉呢?“赤日炎炎似火烧,野田禾苗半枯焦。农夫心内似汤煎”,“锄禾日当午,汗滴禾下

土”。同是晒太阳一样吗?不可否认的是,农夫的晒太阳是为温饱而工作,海滨浴场上的晒太阳是用金钱买到的享受。

工作换来的是温饱,金钱谋划的是享受,文化体味的是幸福。

温饱不一定就是享受,享受未必就是幸福。在这三个层面上,工作是为了赚钱,赚钱为了享受,然而没有文化介入的享受,常受时尚驱使,常被面子左右,与幸福无关。

乍富或暴富者,以为挥霍就是享受,就是幸福了。因为没有文化的介入,其挥霍是修补面子,涂饰虚荣;他们追求时尚的表象,很像“内务府”,也种树,可惜很小,也挂字画,却是新画。时尚若缺少了品位,只是水上的浮油,变幻七彩却让人觉得失去了水的晶亮。

幸福需要一种文化,文化使人心绪恬静、平和,与时尚、虚荣无干系。我们必须承认幸福是精神层面的形而上,为温饱而工作后的休息是身体的舒服;金钱挥霍后的满足是填补虚荣;为一首小诗而感动,为一场歌剧而陶醉,为清风明月不用一钱买而浮想联翩,这是文化介入之后才能升华的幸福。

幸福凸显着品位,品位糅杂着文化。人从穷到富大致要完成这样的“三步曲”:第一步是以辛勤劳作脱贫,第二步是用金钱提升享受的品位,第三步是用品位去追求文化。在这“三步曲”中,都有“幸福”的参与。劳动后的休息能说不是幸福吗?挥霍后的满足能说不是幸福吗?但不可否认的是,文化限制着人的幸福。打个不太恰当的比喻,当一只小狗咬着一块骨头,喉咙中发出呼呼的声音时,它也幸福。但这毕竟是层面很低的一种幸福。

人往高处走,幸福的层面也是由低而高的过程。人的文化层面愈高,他所体味的幸福越是发自内心,渐渐脱离世俗时尚的勾连,渐渐与金钱无关。孔老夫子所说的一箪食、一瓢饮不改其乐,为什么?因为,文化把人的精神境界托举到一定的高度之后,金钱不是顶在头上,而是垫在脚下。

金钱能买到的常常是庸俗、虚荣的假幸福,文化共生的是品位高雅、心境平和,不是仿佛幸福,不是似乎幸福,而是真正的幸福。

与阳光约会

人们与阳光愈加亲和了。买房，首先问朝向如何。清晨，城市中无数的人在空场与河岸旁，迎着朝阳晨练。在生命存活的三大要素——阳光、空气、水中，大概唯一未被直接污染的是阳光了。

无数的人在讴歌太阳，许多的寓意形容不离阳光，近年“阳光”又被赋予了新的含意，如果说一个人性格开朗明快，就说他很阳光，譬如“阳光女孩”、“阳光男孩”等等。

人的心情如能以阳光来形容，或许此人的生活就很坦荡愉快了。

为什么有的人总不愉快？借用这个词可以作答——他活得不阳光。

人有喜静也有喜热闹的，人有好动也有好静的。现代科学证明，这些多来自先天的禀赋，与“阳光”无涉。倘若以“阳光”为例，找出它性格的对立面，即是阴冷、漠然、多疑。若再以我国朴素的阴阳学说划分，开朗、豁达、热情、真诚都属阳，而乖戾、冷漠、嫉妒、猜忌都属阴。固然“孤阴不生，独阳不长”，只有阴阳和合才能成为世界。但是，作为人，若想快乐，必须在心情中透进“阳光”，与太阳相亲,与阳光约会。

荀子有句名言:“蓬生麻中不扶而直,白沙在涅,不染自黑。”这是说人处的环境很重要,倘将白沙倒进黑色的污泥中,久之必黑。人的情绪何尝不是如此,一个总是笼罩在阴郁愁苦情绪下的人,久之必沉郁不舒展。

万物的色彩是阳光赐予的,但阳光不是万能的,它将花朵变得万紫千红的同时,也给花朵涂上阴影,阳光越充足,阴影就越黑。这正像人的心情,有的人很“阳光”,有的人很“不阳光”,再说句很明白的话,有的人活得很愉快,有的人活得不开心。

由于光的作用,一件物体有高光部分,有暗影部分,世界也是这样。一座医院,这间病房两面窗,前面一侧的窗俯看着门,每天都有病愈出院的人;后面一侧的窗正对着太平间,每天都有送进去的死人。有的病人总爱盯着太平间,死亡的阴影塞满心头,照不进一丝阳光的明媚。悲悲切切的哭泣,悲苦万分的一张张脸,心境是一面镜子,映进来的常常是周边的环境。倘若我们把脸扭向另一窗口,阳光照进来,欣喜透过来,那是充满生机,充满快乐,走向健康的一个窗口,我们何不把脸扭向这一边。

与阳光约会,就是寻求轻松快意。为什么祥林嫂诉说儿子被狼叼走悲惨的一幕人们都躲开?第一遍听到是惊奇中的恻隐之心,再一遍就是沉重的搅扰。人们都不愿被这样的情绪侵入,于是人们设防,人们闭锁,除了万不得已,除了身在其中推脱不掉。

与阳光约会,与开朗结缘,觉得天透着蓝,树摇着绿,水漾着清。别沮丧不快,别自找别扭,别绕到阳光照不到的那一面的阴影中,让阴冷郁闷袭扰你。

阳光每天都洒给我们,你与阳光有约吗?若与阳光有约,纵然生活中飘来阴云一片,纵然生活有簇簇枝叶遮挡,只要有约,只要心中明快，月光也行。由此录一首宋人朱淑真的诗：

夜久无眠秋气清，烛光频剪欲三更。
铺床凉满梧桐月，月在梧桐缺处明。

带着快乐好过年

太平年旧时称盛世。盛世,说句老百姓的话叫日子好过。以前年叫年关,过年就像过关卡,有北京《竹枝词》为证:“从兹店账不能赊,行路还防遇债家。搪账既无好方法,书红门贴出天花。”这是说年关将近还不起债,只好扯谎说家中孩子出天花。似这般情景已较少见了。然而,不愁吃喝的年并不等于万事无忧,人们忧的是日子过得太快。

杜甫早就说“老来怕看新历日”。许多人面对“年”都怀有恐惧感,这种恐惧不是物质的,而是心理的。在给人拜年的时候,听到的常常是无奈的语气:这一年年的多快呀,唉。

如今在大城市过年,年饭、新衣、礼尚往来,大多都不用愁了,随之而来的却是愁一天天过得太快,人老得太快,这真应了一句古诗:“一年三百六十日,不在愁中即病中。”

十几岁时看《红楼梦》,对林黛玉的苦愁伤悲大为不解。记得那时专门还统计过林黛玉房中的摆设、穿戴甚至她平时的营养,令当时在农村的我简直不可思议。这位林妹妹不用起五更,不用“锄禾日当午”,不用“农闲时多吃些稀粥”,过的是天堂一样的生活,怎么还不开心呢?

拿我们现在的生活和林黛玉比，固然没有婢女下人侍候，但吃穿用度乃至健康状况都不差，我们开心吗？尤其到了“爆竹一声旧岁除”的时候，我们开心吗？

其实很多人并不开心。说他们“不在愁中即病中”有点言重，若细细思量也八九不离十。当日子过得舒坦了，在舒适中应该享受心情的愉快，然而他们的精神世界与物质世界并不匹配。曾接触过一些人，精神方面极其脆弱，听说一起晨练的某某猝死，吓得竟然三天不敢下楼。甚至于在马路上看到殡葬车什么的，就会别扭几天。若自己得点什么病，第一反应就是我会不会有生命危险？这样的人一不愁饱暖；二不忧钱粮，住得宽敞，吃用讲究，越到年节，越到自己的寿诞日，越是惆怅失落和不安。

人世间确实存在这么一种现象，日子难过，度日如年，日子好过，度年如日。可以做这样一个测试，凡说日子过得快的，生活肯定小康，慨叹日子过得飞快的，大概已是款爷款奶了。固然这是个笑话，但也有实情在其中。作为人，一定要看到，度年如日也好，度日如年也罢，每天都是24小时，每年都是365天。快与慢是我们自身的感觉，我们的感觉改变不了世界和时间，但我们的感觉首先改变了我们自己。本来一个有声有色的世界，本来一个不紧不慢的时间，在情绪的焦虑中，在心理的煎熬下，一个红鲜靓丽欢快的年，若视为迈向衰老走向死亡的路牌，岂不大谬也哉！

带着快乐好过年，首先要找好一个感觉。人的每一天每一年，就像画画，你画得灰暗无光，主调就是阴沉；你画得橙黄耀金，主调就会亮丽。由此录下英国哲学家培根一段话：“一个人的幸福主要还是造就于自己的手。所以诗人说：‘人人都可以成为自己的幸福的建筑师。’”对于过年，快乐在我们心中孕育，我们就能在新的一年中分娩快乐。

解读平常心

“有一颗平常心”已成为人们的口头禅。当人在生活中受到挤对、在工作中遇到不平、在交往中碰到不公，都要举出“平常心”这个“救心丹”，以让人平和。看来平常心不是平常人的专利，而是在非平常时呼唤才来的“心”。

你有一颗平常心吗？

有一颗平常心，不是任何人都能做到的。首先是名人明星什么的，整天价在欢呼和鲜花的簇拥下生活。据报载，许多好莱坞大影星的晚年很凄凉，他们并非是吃不上穿不上没有医药费，而是缺少了众人的追捧。他们缺少的是一颗平常心。

一些人从岗位上退下来，越是有个一官半职的越觉得不好。在任上，官不大职不高却有些权力，许多人恭维你重视你，并非自身的魅力，人们对你微笑的是你的权力。当一切成为过去时，这些也会消失。当这些消失以后，人就像夏天没了空调冬日撤了暖气，此时急需捧回那颗平常心。

我们大多数人都是平常人，就似蚂蚁王国中的“工蚁”，颇像蜜蜂家族中的“工蜂”，数量不仅很大，地位也平平。那么，平常人就应长着一颗平常心吧？答案是——未必。

平常心有时并未长在平常人身上。首先，许多平常人不甘于

平常人的生活，寄希望于孩子身上，目前那么多的负担强加在孩子稚嫩的肩膀上，无非是让他们跻身名牌大学，将来进入白领、金领社会，改变平常人的处境。谁敢说这是“平常心”呢？当我们声厉色疾地训斥孩子没有考到前几名，这能说是平常心吗？

平常心是一颗乐于普通的心，是超越平常思维使之平和的心态。人谁无进取心，人谁无上进心？人谁无利欲心，人谁无功利心？这是常情常态，也是人类进步的原动力，人类几万年几千年就是这样一步步进取，才有了今天的社会。问题在于，人生若这般“一往无前”，就会永远生活在一种期盼和奢望中，弄不好还会失望直至绝望。

平常心是让人在你现有的基点上再做退一步想。曾有朋友刻一方印，印文是“进一步做退一步想”，这是平常心。不平常的心是进一步还要更进一步。孩子期末考试考了第三名，家长无一例外地鼓励说，继续努力，争取第一。在商场上，在官场上，这是一个铁律，进一步再做进一步想。然而，人生不是永远上升的统计报表，也会下跌，会出现熊市，平常心就能让人做退一步想，退一步海阔天空嘛。

一位做生意的朋友，从烤羊肉串做起，一直做到大饭店的总经理、董事长。后来，投资不慎，又赔进了大饭店。他说，人最大的敌人是自己的心。此时人家同情你，你心里会说：“这是老虎戴念珠，假慈悲”；人家对你热情，你心里会骂他虚伪。当你真的找回平常心时，即使面对你的敌人，也会是竞争的快慰、拼搏的欣然。社会永远是一个常态，人际永远是一个常态，由于我们心的失态，感到周围的变态。“天不变道亦不变”，心不变什么也不会变。

平常心让人做一个平常人，凭什么别人都要冲你笑？你心笑了，世界万物都是笑的。

什么是平常心

“平常心”这词时髦，由于时髦而使用的频率很高。什么是平常心？若追问一句，答得上来吗？

平常心一般人皆理解为像平民百姓一样的心。百姓生活咋样？平平常常、平平淡淡、平平静静。总而言之，就是把高傲的心、钩心斗角的心、欲壑凹深的心换成平常心。能吗？

宋代名臣范仲淹，其一篇《岳阳楼记》让他尽享千古文名与英气。翻开他的《范文正公集》，政论为主，民计民生、武备徭役，那里有平常心吗？想必没有。他一生作的词传世仅5首，然而一首《御街行》颇看到他的一颗平常心：“残灯明灭枕头攲，谙尽孤眠滋味。都来此事，眉间心上，无计相回避。”所以钱钟书评论说：“这样悱恻缠绵的情调，措辞婉约，胜过李清照《一剪梅》词‘此情无计可消除，才下眉头，又上心头’。”这首词看出词人孤眠的难熬是普普通通常见的一颗平常心。

任何人都有平常心，只是有的人把这平常心包裹得太紧。像在生意场上，那些总裁和白领们，看得出平常心吗？男士的西装女士的套装，将一个个人都像被熨斗熨过了一般，装腔作势也好、装模作样也罢，心脏都为一个字而律动，那就是“利”。就像盐碰到水，平常心只要与“利”相遇，立刻消失得无影无踪。所以在官场上、生意场上谈平常心，无异于缘木求鱼。

其实平常心是不招自来的，这就如同人的“做作”，你越想不做作，反而越会更做作。平常心也是如此，常听某影星说，要以平常心待己待人，这东西只要你一想，立刻就没了。譬如没有了前呼后拥，没有了鲜花掌声，没有了恭维逢迎，这样的氛围能够以平常心对待，这才是真正的平常心。若只是装点门面、摆摆样子，你装得越是像是平常心，反而离平常心越远。所以说，平常心就如做梦，不期自来。你如果抚枕祈祷今夜做个好梦，它来才怪呢。

若要平常心，先做平常人。总认为自家高人一头，放不下架子的人哪来的平常心。没有平常心，就很难有心平气和。为什么平常心走俏？这是因为具有平常心的人太少，物以稀为贵嘛。但是真正的症结在于，平常心让人平静、让人恬淡，最后让人得到惬意和舒适。这是在浮躁、喧嚣的红尘中最最令人向往的。

平常人得平常心，易，就如同老百姓吃窝头野菜一样，很自然的事。可是富人们要“吃糠咽菜”，难，因为他们的吃糠咽菜和吃山珍海味一样，价值不菲。对于非同常人的官人、文人、阔人，想得到平常心，也是和“吃糠咽菜”一样，要付大价钱，要费大周折。

然而，凡事刻意追求，自然韵味全失，世间许多趣味尽在无意之中，文末录一首宋代诗人翁卷的《野望》诗，或许您能悟出个中道理——

一天秋色冷晴湾，无数峰峦远近间。

闲上山来看野水，忽于水底见青山。

平常心就是这闲看野水，水底是青山的过程，但您必须先“闲上山来”才行。

难得平常心

过平常日子,平常心不难得。难得的是不平常的日子,以平常心待之。

春秋时期的范蠡堪称平常心的典范。范蠡帮助越王勾践周密地谋划了二十余年,终于灭了吴国,勾践恢复了中原霸主地位,封范蠡为上将军。此时的范蠡并未野心勃勃,而以平常心看待此事,写了一封辞职信给越王勾践,而后同亲属一起从海上走了。到了山东齐国海边落脚,没多久又经营了数十万的财产,齐国又让他做了宰相。升官发财对于谁也不是平常日子,而范蠡将钱财全部散给乡亲并送还相印,又悄悄离开了这里。

不平常的事以平常心待之,不平常的日子以平常心待之,真真难得呀。

没有情绪的大起大落,没有心境的大喜大悲,这就是平常心。越王勾践要将江山的一半分给范蠡,其不为之所动,是把天大的一件事看得很平常。报载,有人中了彩票大奖,一下子神经了,这是把一件不平常的事当成天大的事,于是精神承受不住,崩溃了。

一年一度的高考过去了，高考固然是人生至关重要的一道门槛，每年都会有数不清的悲喜哀愁，很大程度上是因为一些人难以用平常心看待它。

高考的日子和学校平时的日子一样，都需要路途的畅通和环境的安静。然而，高考这两天，全社会齐动员，别说汽车鸣喇叭，甚至连喜鹊叫都有人提意见，要让有关部门想办法让鸟儿闭嘴。今年媒体有报道，一位九旬开外的老奶奶也提着小食品来陪考助考。平常心是舒缓的放松状态，不平常心是紧绷的压迫状态，考生在这样一个众人关注、时时关心、处处绿灯的非正常情境下，不紧张才怪呢?所以说，在这不平常的日子，能以平常心待之，是智者高人。

现代人缺少的不是智商，缺少的是一个良好的心态，即心理素质。

人生的许多成功取决于平常心。我们平时都看体育比赛，譬如乒乓球，最后一个球，心态决定技术。极度的取胜心肯定会使技术走形。若能有平常心，就会将胜败置之度外反而增大胜算。素有“石佛”之称的韩国围棋高手李昌镐，据说情绪稳定得如一池静水，胜了不会喜形于色，败了也不会沮丧懊恼，谁若想在情绪上战胜他，根本不可能，这皆源自他的平常心。高明的棋手把平时任何一次对弈都看作不平常，把关键性的比赛视为平常，说到底，就是将不平常的事用平常心待之。

不唯体育如此。升官了若以平常心看待，无非是责任大了，即使将来退休了，不会若天塌地陷；发财了，若用平常心以待，只是存款的数字增加而已，这样一旦破财不会觉得世界末日来临般。人生会遭遇许多不平常，即便是“喜”从天降，没有平常心，也会乐极生悲，喜化祸生。平常心须臾不可丢也。

平常心不是忽略、不是马虎、不是不当回事，而是平复情绪、恢复状态、找回最佳点位。再不平常的日子和事件中，看登岭若平地，视落差犹履阶，有此平常心之境界，能不福寿康宁吗？

点亮心灯

心有黑夜，所以需要一盏灯。有灯还不行，必须点亮。

一轻生者投水被救，别人问她为何自杀，她说，我看不到一丝光亮。此时，天上艳阳高照，然而她的心中却是黑夜。

要照彻心中的丘壑，与阳光无涉。

人死如灯灭，人死了，心死了，心灯灭了，一切都会黑下来。人乍离这个世界，在灵前要有一盏长明灯，意在照亮冥世。在皇陵，阴暗的陵寝内放着大缸，缸内盛满油，那是长明灯的能源。几百年后，陵墓被打开，缸内的油仍很满，灯早灭了。

灯要亮，有油不行，有灯捻有火种都不行，它还需要氧气。

心灯，也是如此。身体器官再健康，心灯不亮，暗无天日。心灯无氧，就窒息，就不燃，就无跳跃的火苗。

打开心窗，让氧气助心灯亮起来。

生活似水，水的生命是流动，活水不腐，活水才清澈，生活正因活而生。人本身就不是不交往、不互通，人只有交往互通，才似打开了窗子，让空气流通，有氧气助心灯而燃。

人生需要有诤友，诤友是碰撞但不是倾轧，其观点的冲突，其语言的摩擦，正如燧石，撞击愈烈，火种愈强；

人生需要有挚友，挚友就是一扇窗，当氧气缺少心憋气闷时，打开这扇窗，就会空气流通，心灯会亮起来。

点亮心灯就不会万念俱灰。佛家讲究的境界是心旌不摇，正像风吹旌幡动，既不是风动，也不是幡动，而是心动。我们是常人，常人就不能像死灰槁木，心不能如一汪死水，需要活力，需要欲望，需要眉飞色舞，需要手舞足蹈。

这一切需要点亮心灯。

心灯点亮，就有一丝敞快，哪怕光小如豆。心灯助燃的不仅仅是情绪，更是一种心态。有的人很富有，有的人很贫穷，倘若心灯不亮，都会无精打采，心神恍惚，没有什么契机能让他进取，而却在一些无关紧要的细节上投入许多的愤怒、悲哀烦恼。天晴了，阳光太刺眼，灼人皮肤；下雨了，让人伤感扫兴；不阴不晴了，还是提不起神。情绪往往折射着对生命的认知，认知生命，常常是那盏心灵深处的灯。

相信，没有心灯的心灵暗到极处，黑到极处，正像那些轻生的人，多亮的阳光，多绚烂的色彩，多璀璨的星夜，他那心灵的黑夜如极地，漫长如年。夜黑到极处，就绝无色彩，心暗到极处，静固然是静，但背景是恐怖是绝望，毫无生气。

点亮心灯，助燃希望，放飞热情。世界上本来不缺少希望，也不匮乏热情，心灯一灭，顿成盲瞽；心灯一灭，亲朋全失。燃亮心灯，就首先照亮自己的庭园，培根曾这样说："万能的造物主首先开辟的伊甸园，可以说是庭园的起始。"点亮心灯，首先照亮自己的庭园，盘点一下那里的花花草草，请走占据空间的怒哀悲恐，放进那些愉悦快乐舒畅惬意。只有点亮心灯，我们才会需要氧气，气体的互换流动，正像亲朋的交往，于是生活会是另一种的光彩。点亮心灯吧，为自己，也为周围的人。

给心造一道风景

应该说画家的心中是最有风景的，濡毫染翰大笔一挥，风卷残云般，或乱竹数竿，或丘壑万仞，越是大画家越是胸有千般风景。然而，曾采访过李可染，问老先生，画画讲究意在笔先，是否一下笔胸中的风景就变成纸上的风景了？李可染说，古人云“向纸三日”，下笔去画不是容易的。

向纸三日，不是和面壁打坐一样吗？此时宣纸是空白的，墙壁也是空白的，但心中却不是什么也没有，他们凝思苦虑在给心打造一道风景，让这道风景气象万千、威仪无限。没有心中这道风景，永远也画不出眼前这道风景。

心中这道风景不是眼前风景的折射，心不同于胃，胃在中枢神经的指令下，明知是涩汤苦药，照喝不误；“心之官则思”的心，面对美景想让它装进去也美一回，绝对是“痴心妄想”。心中的风景是自己打造的，打造心中的这道风景，难哟。

说难也不难。在山东省淄博市东南山区，有一个小村叫天津弯，一个叫焦波的汉子，把镜头对准了自己年迈的爹娘，于是，一对结发近七十年的夫妻的一段段平平常常的故事，摄入了他的镜头,这些照片在人们心里构筑了一道又一道动人的风景,比名川大山、名胜古迹留给心中的回响更悠远更震撼。

由此想到了这样一个故事。一个人拜佛很虔诚,逢庙烧香遇佛便拜,而且经常到很远很远的地方进香跪拜。一次庙中的方丈听他从千里之外来拜佛,莞尔一笑道:“拜佛何须远,佛即在眼前。回家拜父母,父母即神仙。”此人闻后大悟,立刻返程回家侍奉父母。正像焦波,其实给自己的心中打造了一道风景。

眼前的风景需要发现,心中的风景需要打造。在生活中,有人心中是一片荒漠,荒得寸草不生。心中若是荒芜,他们必认为世界是冷漠的、像冬天,无一丝绿色。一个心如荒漠的人能怎样呢?即使有阳光,也是灼人刺目的辣光;即使有丘川,也是无一丝生机的死丘,世界上的和煦温馨很少光顾,冷酷孤寂却长驻不走,心中无风景的人便似大漠似一汪连微澜都没有的死水,很痛苦的。

世间的风景第一要素是美丽,而心中的风景其重要元素是感动。一个人只有感动或被感动,才会有生机,有生机是美景的第一前提。

生长在山东农村那个叫焦波的汉子,他被自己的爹娘深深感动了,他就像半导体接收电波那样,一丝不漏地装进自己的情感中,形成世界上最动人的风景。就连母亲夜晚送他这样一件平凡的小事,他联想成“母子之间有一根无形的丝线,一头拴在儿子的身上,一头拴在娘的心上,儿子每远走一步,娘的心就会抽搐一下”。爹娘已被他打造成心中最动人的风景,一道一生也看不够的风景,一道众人为之感动的风景。

给心打造一道风景,就像给沙漠引来一股清泉,栽上绿树,正像“移花引蝶,买石饶云”一样,美景自然而然就跑来了。打造心中的风景正如园林造景，也需要投入“人力物力”的。画家画画要行万里路，要废画三千，尔后方能下笔如有神。打造心中这道风景，需要用情意用诚意用美意，积土垒石、栽竹种树，当心中一片郁郁葱葱时，何愁美景不甲天下。

栽一颗“绿色”的心

这年月“绿色”走俏,人居环境追求绿色,人吃蔬果,要求“绿色”。绿,是大自然的主色,但随着城市“水泥森林”的超速发展,种树植草增加绿色成为房地产商的金字招牌,“绿色食品”也作为农家主打挤进人们的视野。这固然是生存质量提高的表现,当我们分享着青草绿树送来的清新,我们的心是否充满“绿色”?

绿色,是大自然的健康。在一座城市中,玻璃幕墙、大理石地面、柏油路,是城市的繁荣却不是城市的健康,其形成的“热岛效应”,已成为健康的杀手。绿色,是阳光的家园,它把阳光吸入,进行光合作用,最终产生氧气,我们的生命正是在这一呼一吸中,健步奔向健康。

生命需要绿色,心同样需要“绿色”,一颗没有“绿色”的心,就等于没有了绿意盎然的大自然,没有心灵的“氧吧”,如此这般能不缺氧吗?缺氧能呼吸顺畅吗?

绿,代表了地球生态的自然状态,心中的“绿”也是心态的自然状态。绿是什么,袒露在大地山川中,让阳光步入其上。世界万物,一旦接受了阳光,就能茂盛葳蕤,就能蓊郁葱茏;人也是如

此，阳光充满心灵，就活得坦荡活得陶然，现代对那些活泼率真的青少年，称之为“阳光少女”、“阳光男孩”，确实剀切。

然而，我们的心常常缺少“绿色”。

没有“绿色”的心阳光进不来。就有这样的人，把心放在阴面，不见阳光，自然充满了阴冷，正像小说中常用的一句话：“你的心就是一块石头，这么多年也能被焐热了啊。”可惜这块石头放在了山阴，阳光永远照不到的地方，于是它总是冰凉阴冷的。

一颗阴冷的心充斥的是仇恨、报复、嫉妒、愤懑等等，被这些情绪包围着的心，必然是“无氧空间”。无氧空间没有生命存在，没有生命的世界必是死气沉沉、阴阴森森，这样的心自身不生产快乐，同时拒绝快乐，甚至扼杀快乐。

所以说，栽一颗“绿色”的心吧。

曾有这样一位为“绿”奔波的人。他生在大城市，但一年中的三个季节在沙漠边缘上植绿。他演讲，他化缘，他募捐，再用钱买树苗，而后这位园林工程师再到荒漠上栽树。五年过去，片片林木长起来，他发现，林木成绿的地方雨光顾的机会比寸草不生的荒漠要多，风轻柔，阳光也和煦，他激动地说，绿是大地的健康、健康就是绿。心何尝不是如此呢？

一颗快乐的心像树像草，快乐地吸纳阳光，心中的“阳光”是什么？是善良、是平和、是爱心。它洒给人的是光明、是温暖、是活力。封闭拒绝在这里不是“绿色”，唯有绿色才给生命以氧气。曾在福利院采访过金发碧眼的外国妇女；面对那里的一个个幼小的残缺的生命，那善良使福利院充满了绿色，她们快乐地与孩子交流，快乐地在这里拾掇打扫劳作，问及她们累不累苦不苦抱怨不抱怨时，她们说，是这些孩子给了我们付出的快乐。在刹那间，眼前一片绿野空阔。

栽一颗“绿色”的心,就有一片阳光照过来,就有团团氧气化合出来,这是快乐的“氧吧”,能让人不用一文尽享这“有氧运动”。

心会笑吗

有句话叫皮笑肉不笑，由此推演开来当有皮笑肉笑心不笑。谓予不信，试举一例。民间有一种说法，大闺女上轿哭是笑，秀才落榜笑是哭。这不难理解吧。

人面上的笑固然代表心态，但许多面上的笑未必是发自内心的笑，不妨扪心自问：我心会笑吗？

脸和心没有多远的距离，但传导起来可以说是“咫尺天涯”，即近在咫尺，远如天涯。人是很复杂的动物，心口不一、表里不一本是意识的高级形态。有些事脸上要笑心里却不笑，有些事心里笑脸上绝不能笑。像赵本山表演小品，脸绝对要绷着，一丝笑纹都不能有，这是舞台要求；领导在台上念稿子，即便念出“哼哼教导”“破腚百出”也不能笑，这是工作要求；当你训斥孩子时，忽然孩子出洋相、弄滑稽，千万不能笑，这是生活的要求。

然而，在生活中，许多人的心不大会笑了，信吗？

如今，搞笑成了电视什么的“主旋律”了，真正能让心笑的不多，人的心笑不是“逗”出来的，而是靠自己“培植”出来的。漫画家华君武说：“我感到幽默来源于对世事之洞达，含着笑去面对人生之矛盾，仿佛有点大智若愚的味道。”

对世事之洞达,对人情之豁达,对境遇之通达,这是心笑的源头。

有的人难得一笑,不是世界缺乏笑的内容,而是心里缺乏笑的“通道”,大概缺少洞达、豁达、通达什么吧?

形容内心世界,少不了由衷、会心、诚挚、恳切等等,这些词句经常见诸书面、见诸口头,当你的竞争对手晋升,你真是像发言说的“由衷的祝贺”吗?当你不得不面对批评时真能表示“诚挚的谢意”吗?按照心理学的说法,都会产生隐约的阴郁的不快。其实,如果我们真正能豁达地看待他人的成绩,通达地对待旁人的成绩,就会扫去心中的阴翳,真会有一种由衷的、会心的心境,那“心笑”会不期而至的。

心需要坦诚,需要由衷,心襟就像一扇敞开的窗子,它能将阳光统统地放在屋里,也能将屋内的物什统统地“发射”出去。倘心不坦诚、心不由衷,就等于关闭了这扇窗,阳光照不进,心境黑洞洞的,一颗没有阳光的心,怎会笑呢?

情感少不得交流,心境离不开互通,哲人们早就发现,人的这张脸是镜子,你给它笑容,周围还你笑容;你给它愁容,周围还你愁容。心是一个通道,你输送给外界以真诚坦荡,它给你送回坦荡真诚。恰恰有人,阻滞壅塞了这个通道,一丝风不进,一丝光不进,故而没有了一丝的笑靥。

脸笑容易,心笑也不难。它似乎需要这么一个简单的换算,常以奸笑、阴笑、冷笑、坏笑、嘲笑处世的人,他的心必然不会笑,不仅不会笑,心反而会奸诈、阴险、冷酷,这是一种不知不觉的换算,不以人的意志为转移的换算。但是,常以由衷的、坦诚的、豁达的心境处世做事为人,他的心总是笑的。这种换算最简单,简单到让不会换算的幼儿、少儿们常常心笑;这种换算又最艰深,常让机关算尽的人的心难得一笑。

享乐先要心乐

近代精神分析学派大师弗洛伊德在《图腾与禁忌》一书中说:“人生的目的主要还是由享乐原则所决定的。”说到享乐,每个人有每个人的理解,由于理解的不同,对享乐的认知水平也不同,由此而产生不同的“人生目的”。

享乐是呈梯次级状态的。记得前些年,邻居一位大娘无限憧憬地说:“等我有了钱,一天吃一套煎饼馃子。”时下的一些企业老板,最怕宴会,感觉那推杯交盏、珍馐美馔的应酬最痛苦,回家喝碗粥是享乐。二者相较,确实有一个“享乐原则”问题。

弗洛伊德有句很经典的概括:享乐的本质是解除痛苦的压力之后产生的感觉。将此再稀释一下,就是说享乐是一种无压力的精神和身体方面的放松,只要精神松弛、心态轻松、身体舒适,就是处在享乐状态。享乐与否的比照,豪宅和陋室、国宴和家常饭、坐轿车和骑脚踏车这些外部条件不是决定因素。

说一句最关键的话:享乐先要心乐。

一说享乐,人们常进入一个误区,马上理解成物质享受。以物质状态的优劣衡量一个人的享受程度,这无可非议。但这不等于心乐。

汉高祖刘邦得天下,立即将父亲刘太公接到长安。长安的皇宫并未使他享乐,而总是“凄怅不乐”。刘邦先是不解,难道这皇宫不如乡下?后来刘邦按故乡丰邑的样子建了一座“新丰”城,里面设置农村的娱乐项目,这位刘太公方觉得是享乐。

享乐首先是心乐,心不乐的“享乐”是痛苦。历代宫女在宫中,锦衣鼎食,尽享荣华,但诗文中将她们描摹成“忧戚一族”。隋炀帝杨广在中国历史上骄奢淫逸要算是数得着的了,大业六年,举办大型的百戏表演,参演人员达三万余人,《隋书·乐志》中载:“于天津街盛陈百戏。自海内凡有奇伎,无不总萃。崇侈器玩,盛饰衣服,皆用珠翠金银……其营费巨亿万。”这种规模的“文艺会演”够享乐了吧,然而杨广总揽镜自照,说自己的脑袋不知哪天要搬家,心不乐的享乐只是形式上的享乐罢了。

为此,19世纪的法国哲学家叔本华将享乐归结到生理基础上,并分作三种形态:第一种形态,是生存的享乐,饮食、休憩、睡眠都是享乐,是生理要求;第二种形态是体力的享乐,如散步、舞蹈、骑马、运动竞技等,是体能要求;第三种状态是感受性享乐,像思考、鉴赏、做诗、绘画、读书和静观等等。叔本华在《幸福论》一书中有这样两句话——“它是各自生存之花,也是各自生存之果。”

倘若将叔本华这两句话拿来借用,那么享乐之花并非能结出心乐之果,因为它们是“各自生存”的。

金钱买得来享乐,但未必买得来心乐。心乐是心态和精神的舒缓状态,人的心态如果靠财富的积累能舒缓的话,那么世界太不公平了。实际情况是,焦灼烦躁、苦闷惆怅、百无聊赖常常集聚在豪宅宝车中。心乐,就像一个便秘的人坐在镀金马桶上,虽坐在富有上，但很难痛痛快快地达到目的。

所以，享乐先行容易，心乐跟上很难。然而，心乐了，天晴天阴，屋大屋小，一切客观在他们眼中都是享乐。

加固信心

一位小学美术教师讲了这么一件事，一个学生上美术课时总是不听课,自己在那儿画,可以肯定是瞎画、乱画。老师让他听课,他说,我这幅画让你们看了,肯定都会笑死。老师于是让他举起画——但没有一个人笑。他一节课都怔怔的。老师留下了他,将他乱糟糟的线条重新整理一下,奇迹出现了,立刻成了一幅令人发笑的画。

他眼放光了。老师说,你想让人笑不行,要让你的画让人笑。而要让你的画让人笑,关键在于你……

几年过后,他在国际画赛中获了大奖。

批评是在撞毁自信的大厦,引导是对信心大厦的加固。

有句诗人们经常引用:“小荷才露尖尖角，早有蜻蜓立上头。”个中深意颇有联想的空间。倘把儿童喻小荷,那是一个载体,风乍起,承载着吹皱一池春水的倒影;露来了,承接那一份莹透;虫鸟来了,接纳那一对对的足爪。这都如一幅幅醉人的早春图,让小荷赋予诗意。然而,把风变作狂风,露变作疾雨,虫鸟变作饕餮,那就不是诗情画意,那将是惨烈。

随意批评和善意引导就是这么两极的场景。

人的信心其实也是一念之差。记得小时有首儿歌说蓖麻：“蓖麻子，蓖麻子，鸟过屙摊屎，云过下点雨。”蓖麻本不用种，施肥浇水都非经意而为，但秋后结出蓖麻子。人的信心的摧毁和加固也是这么一个不知不觉的过程。

我们回想一下，在我们的人生经历中，有没有“哗喇喇似大厦倾”的时候，有没有“拨开迷雾见青天”的时候？梁实秋曾回忆他的一位国文老师，在批改他作文时，将洋洋千余言的作文勾抹所剩无几了，老师郑重向他解释：“你再读读看，原来的意思并没有失，但是笔笔都立起来了，虎虎有生气了。”所以梁实秋感慨地说：“如果我以后写文章还能不多说废话，还能有一点点硬朗挺拔之气，还知道一点‘割爱’的道理，就不能不归功于我这位老师的教诲。”

再假设一下，如果这位先生将梁实秋讥讽一通，说他是“鸭子一踱一踱的”，梁的自信大厦会訇然坍塌。所以，加固信心和摧毁信心往往是一念之差。

加固信心是飞机进入跑道后的助跑，是起飞前的速度准备。准备得顺利，一旦外界条件具备就能腾空而起。加固信心是人生的必需，是成才的必需。我们常常不经意，尤其是说话不经意，只认为是音节的变化，空气的振动而已，振动过后就一切复归平静了。然而，正是这不经意的话，常常如利剑斫断嫩枝，常常如烈焰灼伤青坪。

加固信心，加固自己的信心，更别忘了加固他人的信心。对此，语言是最基本的建筑材料。有人这样评价美国总统罗斯福：“无论是一个牧童或骑士，政客或是外交家，罗斯福都知道应该跟他们说些什么。”为此，我们不妨记住这么一句有意义的话——

“深入人们心底的最佳途径,就是对那人讲他知道得最多的事物。”

这或许无意加固了对方的信心。

观花由心

到曹庄子花卉市场，一下子开了眼界，盆花从天到地满视野，人是摩肩接踵挤嚓嚓，花卉如此之盛莫过今日。不过，在花木葳蕤的市场中，也有人这样说，这花儿好看有嘛用，不顶吃不当喝的。由观花而观心，由观心而能知情趣。

人们越来越不“实惠”了，曾记否，上世纪六七十年代，有块地就恨不能都种上粮食，连种菜都觉得可惜，谁若在院边屋角种上花，即使不批斗你，也会说你是神经病。中国人饿怕了，穷惯了，谁受得了这般“挥霍”？

唐代长安人爱牡丹如狂，“数十千钱买一窠”的高价让人惊呼。晚唐诗人王毂有诗云：“牡丹妖艳乱人心，一国如狂不惜金。曷若东园桃与李，果成无语自垂阴。”后更有人这样嘲讽牡丹：“枣花至小能成实，桑叶虽柔解吐丝。堪笑牡丹如斗大，不成一事只空枝。”

观花而观心，旧时农家对于花，是寄希望于花后而结的果。种丝瓜种西瓜都开花，连玉米高粱也有花，这些作物的花是雌雄二花的花粉相交最终要结果实。劳作者期待的是收获果实，而欣赏者恰恰要的是花期这个过程。在这一点上，劳作者与欣赏者是各取所需的。像“扬州八怪”之一的郑板桥，曾在他人画的《牡丹图》上添画一枝梅花，并题诗道：“牡丹花侧一枝梅，富贵穷酸共一堆。休道牡丹天国色，须知梅占百花魁。”借花道出人的心志。

人都知道“民以食为天”的道理，人只有满足了口腹之欲后，才会有感官上的追求。然而，在养花观花上各有各的想法。譬如：花，无论多名贵的花木，在商人眼中是变成利润的“产品”，绝无“独立东风看牡丹”的情调；譬如，凡花，在追求健康的人眼中，无论多么姹紫嫣红，只是经过光合作用产生氧气和空气负离子的“机器”；也有人是一种观赏，品茗花前，闻香月下，也是生活中的一种惬意。

现代人感觉主观生活的空间大了，吃喝在这个主观生活的框架内，占的比重越来越小了，“吃香的喝辣的”几乎没人说了，而主观感受的形而上的东西大行其道。消费在这虚无飘渺毫无“实物”可言的领域中，只为满足一下感官，“不成一事只空枝”已成人们的追求。

时代毕竟进步了，记得园艺大师周瘦鹃的一组文章，专谈各种花草的情趣，对任何花花草草那真是“一枝一叶总关情”，体现了高雅的襟怀、过人的素养。这些大概需要衣食暖饱之后才能达到。这像不像这样的道理，人的生理需要就像一座房子，里面所需填充满了，于是我们想要这缭绕的晨雾，想要那绯红的暮霭，更想要那檐头的滴水窗前的弓月。这些确实很虚无，是你的，又不是你的，很像这花，轰轰烈烈地开了一阵后，谢了凋了萎了，然而它留给我们心中一段安然的幽香。

生活，其实像花，徜徉在一种欣赏的心态下，那生活亦如花般，艳丽可人。大可不必事事追求那花后的果，追求的“果”越大，目的性越强，其实我们的眼睛里已没有了花。一种无颜色无香气的生活您会快乐吗？

花虽无果，那过程就是品味、享受。

心要独立

孤独的心和独立的心一样吗?

表象上看:一样。

做一个比喻,一棵树孤零零地站在山坡;一棵树独立地站在山坡。一样的场景,不一样的形容词,但衍生出不一样的心态。所以说,孤独和独立不一样。

有一则新闻这样说,在大连,一些独生子女大学刚毕业在外要打拼,舍弃温暖的家在外租房,放着近在咫尺的家不回,致使中年人早早成为“空巢”一族。

家庭空巢让许多父母过早品尝了孤独,说几天不见孩子心里空空的,说十几年一直围着孩子转,孩子一大了怎么这么心狠自私。他们备感孤独。

其实,孤独随人一生。

当孩子在摆满玩具的房间里走神时,这是孤独;当年轻人的心里话找不到人倾诉,在电脑前的网上东撞西撞时,这是孤独;当中老年人默默地坐在电视机前几小时不动时,这是孤独。

孤独与物质生活的丰歉成反比,当你为一日三餐殚精竭虑时，容不得孤独；当你为一大群孩子补洗浆做时，来不及孤独。生活好了，孤独蹑手蹑脚地跟来了。孤独像糖尿病，多在富贵温饱的人群中出现，远离孤独的唯一验方是——心要独立。

不要抱怨指责孩子，他们有他们的规则和逻辑，瑞士的心理学家简·皮格特曾做过实验，问孩子们是什么刮起了风。孩子答：是树。又问：你怎么知道的？又答：我看见它们舞动树枝。再问：树怎么就刮起了风呢？孩子再答：(在脸前挥手)像这样，只是树更大些，而且有许多树。这是一个典型的例证，简·皮格特发现，孩子们认为合乎情理和固有的，成人却认为是错误的。他得出结论是："表面上看起来逻辑不通的背后，有他们自己的规则和特别逻辑的思想过程。"

且不论孩子行为的对错，但必有他们的规则，但有一点可以肯定，孩子要结婚，总有一天会离巢飞去筑新巢，孤独是早晚的事。所以，再重复一遍：心要独立。

心之独立和心之孤独，虽一字之别，却能将人划分成幸福和痛苦的两类人群。

独立是自己主动地别离人群，调整自我生活的情绪，形成一整套自我循环的心态系统。而孤独呢？孤独是人群将他们排斥出来，被孤单地甩在一旁。所以说，独立给人以坚强傲岸，孤独给人以沮丧可怜。这一切，不是视觉的，而是感应的。

独立不借助任何外力，孤独是想寻找外力却难找外力。一个是主动的，一个是被动的。世界上的事很有意思，譬如给孩子打针，你大哭大闹拼命拒绝，针最终要扎在屁股上；你服服帖帖，也是一针。这要说明什么呢？孤独，是人生早早晚晚要光临的客人，与其拼命拒绝，反不如欣然纳客。

不可否认，现代人的家庭生活单元越来越小了，从三代四代同堂到现代的三口之家,一旦三口之家的子女到了婚嫁年龄,只能是一代两口之家。心的孤独靠都市的喧嚣、人声的嘈杂解脱不了,靠“常回家看看”的儿女也只解皮毛,真正能解除孤独的不竭能源,唯有心之独立了。

心要独立,是心力更是心智。人固然是群居动物,却是孤独的动物,更是自己给自己制造孤独的动物。心之独立与心之孤独是自己的感应,是对环境的不同理解而已。主动接纳了,欣然承受了,环境的落寞孤寂反而成为思维驰骋的空间,自由自在的浮生在悠闲时,反而能找到自我,找回自我的心性,是享受每一天。

心要独立,是拒收外界的怜悯。心灵独立的人是精神富翁,不需他人的“赈济施舍”,靠的是自身营养输入,照样活得心宽神健。如果谁终日靠“外力”解除孤独,那永远生活在“乞讨”中,那将是在企望的一天天和忍受的一天天“艰难”度日。

补心为上

中国人很讲究进补的，尤其是粤菜中的“煲”，看那五花八门的“煲”，不禁让人悟到，天下珍禽异兽无一不可“煲汤”，人身的任何部位无一不可“补”。传统医学的补气、补血、补肝、补肾，以及如今时髦的补钙，堪称补身大全。《本草纲目》医书中亦有载，如“人参甘温，能补气虚；羊肉甘热，能补血虚。羊肉补形、人参补气”。

心能补吗？

作为“心之官则思”的心，是指人的思维、心理活动的承重应变能力。从这方面说，补气血也好，补肝肾也罢，还是补心为上。

时人很注重进补，一些人很是熟谙“补”道，春补温夏补凉的，什么节气补哪，吃什么才能哪受补，等等等等，堪称进补专家。补得好，补得得体，自然会面嫩颊粉，身轻腿健，精力旺盛。补到如此程度是否可称“补”功圆满？

其实不然。

体力强健，心力也须强健。某君忽一日路上遭窃，丢了几千元，虽乃其全部存款之几十分之一，但别扭郁闷，导致心脏病发作;某君在位时容光焕发、体力充沛;一日退休日渐委靡,几如重病缠身。倘若其心力健似体力,何致一“败”如此?

补心,是对心理素质、胸襟气度的强化和增容。心情不悦,心绪不宁,心思不整,就如天气阴晦。雾霰弥天。是常有之事。在这种时候是考验人的气度胸襟和检测人的应变能力之时。人的“心”正是在这个时候最需“进补”的。人生常有不如意不遂心,能用补心之“药”或化重为轻化大为小,能化而解之,此乃“补心”之正途。不注重平时的“补心”,一旦在仕途、经济、家庭上有变故,心理防线就如蚁穴遍布的堤防,会一溃千里的。

补心让人明智,让人豁达,让人坚强。曾有一商场上的朋友说,人不光是赔大钱要崩溃,就是赚大钱也会精神崩溃,让人发狂发疯而不知所以。人生是一条曲线,人生是一个用脑用力用心智的过程,一如脑电波,只要有思维必定是一条曲线。既然是曲线,就有高有低,有升有降,这个升降过程很像乘飞机,一起一降最感压强的是心脏,心脏健康的人略感压力但很快过去,有心脏病的会难受甚至出现危险。在人生的旅途上, 多少人是死在这情绪“升降”过程中的。

《岳飞传》中,牛皋是笑死的;《三国演义》中周瑜是气死的,夏侯杰是吓死的,王朗是被骂死的,这些人的死都死在“心”上:或心理准备不足,或气量狭窄,或胆小,归根结底,就是心理不能承受重压。这样的人身体补得再强壮,外界强刺激猝至,心理准备不足,也会“三寸气在千般用,一旦无常万事休”。

补心为上,是补学养补素质补气度。如弘一法师言:“应以猛切心治姑待心,以殷重心治轻忽心,以深广心治将就心。”这是在“补”人的恒心意志;宋代大诗人陆游的“忍贫心似铁”是在“补”人的攀比心。所以清人金缨在《格言联璧》中说:“炼心如炼金,百炼而后为真金，百炼而后为真心。”

补心炼心，情同一理。只埋头补身练身，而忽略补心炼心，不可言健。

心坚胜齿坚

闲来翻览《剑南诗稿校注》,作为中国历史上的长寿诗人陆游,不仅享寿八十又五年,且作诗万余首,堪为长寿的多产诗人。

翻览他的诗可看出他的心理活动和生活情况，诗人常在一些小事上,能小中见大、让人感悟,如《龋齿》一诗,是他年近八十时的诗作,原诗如下:

“人生天地间,本非金石坚,况复历岁久,蠹坏无复全。龋齿虽小疾,颇解妨食眠,昨暮作尤剧,颊辅相钩联。欲起懒衣裳,欲睡目了然,恨不弃残骸,蜕去如蛇蝉。或当学金丹,挥手凌云烟,逢师定悠悠,丹成在何年?”

这是牙痛引发的心理活动，细解起来让人悟出心坚胜过齿坚的道理。人的牙齿老来必先残损，牙齿作为骨质器官坚硬固然坚硬,但刚者易折。再者区区牙病乃小病,却影响到吃饭睡眠,牵扯得半边脸(颊辅)难受,折腾得诗人恨不得去死,恨不得如蛇如蝉那样蜕皮。由此让人想到许多人难忍病痛折磨,宁可选择死亡,以摆脱痛苦。

此时,心坚是一切。

心坚是耐力的体现。有的人能忍,有的人不能忍,有科学研

究证明，女人比男人耐力强，同是女人，带着孩子的女人心最坚，耐力最强。记得有这样一个真实的故事，在地震中，一位母亲和哺乳中的婴儿被埋在瓦砾中，为救孩子，母亲咬断手指，让孩子吮吸她的血而救下孩子，这是何等的耐力，是何等的心坚。

牙齿咀嚼食物，古人谓之“口化”，将食物咀嚼细碎，大而化小，小而化碎，硬而化软，都是牙齿之功，靠的是齿坚。然而战胜逆境、度过老境，靠的是心坚。

从陆游诗中读出他老境的苦痛，其中有生理的病理的，更有心理的。如“布衾如铁冷，冬夜抵年长”，“曲身得火才微直，槁面持杯只暂朱”，是说挨冻的。再如“齿残对客豁可耻，臂弱学书肥失真”，“羸病不堪连日雨，孤愁偏怯五更钟”。是说老态的。但人老不等于颓丧，病痛也不等于哀愁，这里有一个“心坚”的问题。

还说陆游，其晚年告老还乡回到山阴，生活中很多时间还是读书赋诗，依然有很高的志趣，所以他的诗属于豪放一派。这是他心坚志高之故。所以，在世间终日痛苦一族中，喊得最凶的未必是“最痛”的人。然而“最痛”的人凭着心坚志强就能成为万人景仰的英雄。

美国越战时期的残疾军人鲍勃，腰以下被地雷炸掉。他以双手代替双腿，用手走完了从洛杉矶到华盛顿5000公里路程，其间沙漠高山，严寒酷暑，都被这“半截人”征服了。这是心坚者的最高境界，迎着困境而上，用心坚用意志用勇气，让困难退避三舍。

还说陆游的《龋齿》诗，在疼痛忍无可忍之时，他突然想到了“学金丹”做神仙，乘槎驾云，遇神仙而悠然。但他最后笔锋一转问一句：“丹成在何年？”

神仙不可期，万事靠自己。最可依恃的就是心坚。在困境临头之时，咬定牙关，坚定信念，心坚者必胜。

心高如何心宽

高是上下的空间，宽是左右的距离。由于地心的引力，登高爬高攀高不仅危险而且费力；左右的游走是平行关系，省力不说且毫无危险。这是从自然状态解释；那么从心理学上如何诠释呢？

心高是目标的高远，诸葛亮曾说："志当存高远。"就是告诫人们志向要定得高。这些若是对青少年而言，似无不可，然而对中年人、老年人来说，心高不如心宽。

有的人始终"心高"，心高的人是有大目标的人，正如国外谚语所言：只有想到了才能做到了。这当然有其道理，一件事你想都不敢想，怎么能去做呢？若是一个人"心不高"也会遗人笑柄。《三国演义》中的后主刘禅，被司马氏俘获后，根本没有卧薪尝胆恢复汉室的高远目标，终日沉湎于笙歌艳舞之中乐不思蜀，成为后世的反面教员。刘禅"心不高"不说，其还很"心宽"，不像南唐李后主那样"心窄"，对故国旧城过去的辉煌那般放不下。似刘禅这样的人做皇帝治天下固不可取，对于常人的心态来说，确乎难得。

人的"高"心很难"矮"下来的。这是因为"人往高处比"，比同

事比亲戚比四邻，都往高处比。这一比就显得自己“矮”了，于是就着急、就心烦、就唠叨。心越高就越失落，越失落还越往高处比，就形成一个怪圈。这就颇似骑自行车的比坐汽车的，肯定是一肚子不平衡。记得有这么一首古诗：“他人骑大马，我独骑毛驴。回首担柴汉，心头稍些子。”这种心态堪谓不是心高乃是心宽了。心高是什么心态呢？看到他人骑大马，我要骑洋马、骏马、名马，倘若有这种心态，骑毛驴不仅气不平，还会有耻辱感。

心高对于人来说是进取心、上进心，固无不可。但心总是那么“高”，尤其对中年人、老年人来说不是福音。人的攀比之心与生俱来，这是“心高”的一种折射，志向高固然可嘉，然而许多人的“心高”是对物质生活的不满足，是对时下状况的不认可。量力而行去改变现状当然是好事，怕就怕总与富人比、总和大款看齐，那心里痛快得了吗？由此可见，心高何如心宽。

心宽是容得下事，容得下人，容得下好也容得下孬。中国大肚弥勒佛为什么总是笑口常开？因为心宽肚大能容事。所谓的“容事”其实就是能“忘事”，乃至扔掉“事”。忘掉烦恼，扔掉妒忌、愤恨、郁闷，大脑才能腾出空间。正像荷兰人的一种风俗，人们进屋前，把鞋子脱在门外面。我们可以向荷兰人学到这样一个经验，就是回家进门前，把一天所遇到不如意的事都扔到门外，然后再进门。

我们之所以心胸狭窄，是因为我们的空间被许多无所谓的东西占满了，若要心宽，不妨先“扔”掉一些。

心高让人紧迫，心高催人紧张，一生总在登攀的人虽让人尊敬，但绝非常人能坚持能承受的。对于常人，面对平常的人生普通的生活，何妨“心低”些，心宽些，在舒缓平和的生活节奏中，反而能奏出健康、愉悦的音符。君若不信，不妨一试。

心灵的橙红

心灵该是什么色？这是纯粹的形而上。

佛家说“色”必再说“空”。佛家所言的色指心但非指色彩。凡有形质让人感触到的皆是“色”，然色即是空。佛家的修炼让人心静如水，微澜不兴。说句非剀切的比喻，佛家的心似止水，无色无臭，看似空空。

然凡人的心却色彩斑斓的。

“文革”中的“火红的心”，小资情调的“灰色黯然”的“心”，至于“黑心”更是无可救药了。红、黑、灰，似乎心灵世界的色彩不该如此单调，人生也不应非红即黑。

色彩无极数，冷暖两色调。大千世界无论多么绚丽灿烂缤纷斑驳，大而化之，繁而简之，无非暖色调和冷色调两大营垒而已。

举《红楼梦》为例，书中描绘的女子上百，可以冷暖两类分：“暖美人”有薛宝钗、探春、史湘云等；“冷美人”有林黛玉、妙玉、惜春等。正是这冷暖两类人，给人的视觉、感觉领域恍如隔季。

冷暖不仅是温度的差别，更是颜色的视觉与心灵的感觉。德国人伊顿普的《色彩艺术》中说，在粉刷成蓝绿色的工作室和粉刷成红橙色的工作室里，人们对冷热的主观感觉相差5—7华氏

度。也就是说蓝绿色使人体循环减慢,而红橙色却使其加速,故而温度相同却有冷热不同之感。

动物实验也有同样结果。将赛跑用马的马房分成两部分:一部分刷成蓝色;一部分刷成橙红色。在蓝色房中的马赛跑后很快就安静下来,而红橙色房中的马较长时间内仍热躁不安。

黑白两色代表明暗的极端,蓝绿和红橙昭示色彩冷暖的两极。从生命学角度说,红橙似乎更具活力的色彩,像苍蝇就奔向红橙色屋中,仅就生命力而言,苍蝇在芸芸众生中是强者,强者的选择必是明智之选。

既然人群可分为冷暖两类人,那么"暖类"更具活力、亲和力。《红楼梦》中的林黛玉、妙玉,虽有冷艳的动人之处,然而孤傲不群、乖僻冷寂,其结果是她不容人、人不容她,终至青春早亡。而那些豁达开朗、宽容大度如薛宝钗、史湘云者,不仅健康,甚至命运相比而言还是好的。

综上所言,心灵什么色彩?心灵分冷暖两色,冷到极致为蓝绿;暖到极致为红橙。心灵"红橙"者为优。

现代的各种实验证明,热情开朗者康且寿。书法家常写一句古语:"仁者寿。"何为仁者,仁的概念就是亲和众生,将个人融到集体中去,以个生赢得共生,这确是一种境界,同样也是健康生存的一种必需。印度诗人泰戈尔说:"中国的大家老子在谈到一个真正的善者时曾说道:'生而不有,为而不恃,功成而弗居。夫唯弗居,是以不去。'真理全面融合的境地,乃是完美的天堂,而此种境地的达到,乃是文明长期奋进的最终成果。"可以这样理解,这是生命的橙色,这是心灵的橙红,只有这融融的暖意,带给人的才是不贪财、不居功,才能将私利化作众功,这般心灵的橙红能不让人备感温馨吗?

心能“修”吗？

闲来无事想中国汉字，蓦然想到了“修”字，从现代汉语看，有修理、修饰、修订、修缮、修复等等。这个修，是在原有的基础上逐步完善、完满、完美。

那么从形而上的意义上来说呢？如修炼、修生、修行等等。这些是在修理、修饰的基础上，做进一步的延伸，从外到内由表及里，成为人心灵上的作为。所以，一个修字，实乃奥妙无穷。话说至此，敢问一句：心能“修”吗？

先把话题扯得远一点，在对待文物古迹方面，从来是有两种态度：一是修旧如旧；一是拆后重建。在这个问题上，文物专家们早有定论。先说英国，英国人保护古建筑不惜工本已经到了令人叹为观止的程度。英格兰东北部的纽卡斯尔有一座博物馆，它是由面粉厂改建而成。仅仅为了保留面粉厂的墙体和硕大的“波罗的面粉厂”字样，竟花费7500万英镑。这个账谁都会算，多花钱“修”个旧的，少花钱却不要新的。此中体现了修的精髓。

说到这，可以论这个“修”字了。

人发明了修，肯定是为了节省人力、财力。但是，当“修”向形

而上发展以后，这个“修”已超越了节俭的意味，开始向高境界发展了。譬如说人的修性、修心：这个修是在原有基础上的改变，很像英国人修复老建筑，一点一点地使之完善坚固如初。修性、修心与此如出一辙。人不“修”行不行？肯定不行，人的一生要不断修正错误、修养情性、修炼身心，是由低而高的过程。如果“不修”，猛然间像拆房子一样按原样重建，但此房已非彼房了。大家见过蜡像否？那蜡像连汗毛孔都有，要多像有多像，但那是本人吗？肯定不是。这就像重建的古迹，虽很像，但它割断了古迹原有的生命，充其量是一个逼真的蜡像，失去了活生生的思想。

所以，人的心只能“修”。汉语博大精深，由此可窥一斑。

会生活的人，常常是会修心的人，使素养、知识、心性不断提高；而不会生活的人，不是灰了心，就是伤透了心。于是有人昧了良心、黑了心，最后无药可救。人心只能“修”而不能换。

人要学会修心。庄子曾说：“夫子德配天地，而犹假至言以修心，古之君子，孰能脱乎？”从古至今有道德修养的人，都要修心。不要把修心看得过于神秘，其实就是一个逐步自我完善的过程。很像修缮房屋，砖坏了换换砖，门窗朽了刷刷漆，虽然有修补过的痕迹，但是依然可以住用。

既然是修，就是修修补补，而非大拆大改。当然有像《除三害》中的周处，一夜之间，洗心革面，脱胎换骨。但众多的人，是逐步的，是渐进的。譬如修身，是用严格的戒律规范自己，使思想境界、心态认知达到一个新的高度；譬如修炼，是心灵方面的锻造，使之有条不紊。无论是谁，这样做了，就是心之修。心之常修，即心之常养，常修常养，一个有修养的人会展现在世人面前。

为心“补钙”

虽然现在“补钙”之声不绝于耳，但始终驱逐不走心中的困惑。以前人的营养肯定不如现在，可是没听说缺锌、缺钾、缺钙的，不知是以前的食物什么都含，还是科技不发达根本没测，缺什么也不知道。这个话题姑且放置，由补钙的概念延伸到“为心补钙”。

钙，对身体的骨质而言能增加其坚硬度和强健度。由此想到人的心，是不是也需要“补钙”，增加一点它的“硬度”？

心有软硬之分，心软的人什么也经受不住，不仅看不得人吃苦受罪，连动物的“苦”也悲悯哀怜。日前有了新规定，凡再宰杀同类动物时，不准让它的同类看到。在国外，连拿动物都有讲究。记得在农村时，拿鸡揪翅膀，拿鸭攥脖子，拿兔提耳朵。由物及人，人心软得更是不得了。前些时日，一位年轻妈妈送孩子去幼儿园，那场面真叫“流泪眼观流泪眼，断肠人对断肠人”，不是生离死别，胜似生离死别。动物保护、妇幼保护当然是天经地义，但在对待孩子的意志培养上需要些“硬心肠”，需要“补补钙”。

现代人最见不得孩子吃苦受累。孩子一吃苦，心里敲小鼓；

孩子一受累,爸妈心欲碎。一沾孩子,父辈祖辈都像得了一种“软心病”。现代孩子的物质条件可谓“无微不至”,曾组织过几次少儿活动,少儿两手空空,家长的脖子、肩膀和手没一处不负重的。阳光下有伞,渴了有饮料,饿了有小食品,凉了有“衣柜”,热了还当衣服架。这样的孩子大概根本不知天下有饥饿冻馁。正因为如此,每年中学例行的军训,总有在太阳下被晒晕而中暑的,总有受不了而叫苦连天的。

当今的人太重视孩子的学习了,智商的培养,学力的增强固然重要,意志力三字决定人一生的成败。孩子的意志力从哪里来?很大程度上从家长那里来,由此进入“为心补钙”这个话题——

人的意志是精神和肉体的主宰,肉体在意志面前可以变得像钢铁一样坚硬,精神在意志作用下可以像灯塔一样大放光明。成功的大门通常为意志而开启。时下,文章中乐道的成功人士有日本的松下幸之助,这个人的永不言败的奋斗精神,谁不钦佩?其最终靠意志战胜了一切困难而成为大富豪。他四岁家道中落,九岁中断学业去当伙计,后又被自行车行雇佣,背井离乡、寄人篱下,尝遍世间辛酸苦辣,他永不言败的意志正是在这艰苦的环境中磨砺出来的。

事业要成功,个人要成才,不吃苦受累根本不可能。天有晴晦月有圆缺,人生逆境要多于顺境,为心“补钙”,首先是增强自身抵风抗雨的“硬度”和韧性,同时也要在孩子意志力培养上,心要“硬”起来。说到底,所谓意志就是一个“咬劲”,凡事能咬住、能坚持,即有了一个战胜困难的先决条件。

人心是一个多面体,仅有仁慈、悲悯、“绵软”还不够,还要有果断、勇敢、决绝、无畏的“刚硬”。我们的“绵软”在给社会制造亲和舒朗，但我们的“刚硬”才能战胜邪恶、灾难、困难以及逆境。有了这把双刃剑，何愁人生不尽善尽美，何愁事业不美轮美奂。

“补钙”吧，为你的心。

有一种病叫“疑心”

若查医书，大概没有“疑心病”这个条目。虽然它没列进医书，却真的有“病征”。

患疑心病的，一般多么先进的仪器也检查不出其有器官器质上的病变，但他自己疑心哪有病，哪就真的难受。譬如有一种“神经性妊娠”，其呕吐、闭经等妊娠反应都有，但尿样化验却呈阴性。所以，西医将“心病”都归为精神疾患，中国民间的说法是“心病还须心药医”。

非典型肺炎与我们面对面了，“非典”不仅传染人，还有一点儿是“吓人”。据报道，天津染上“非典”的几十人，而被突如其来的疫病吓得寝食不安的人激增。一周内各心理专科医院就诊人数平均增长60%，电话咨询更是应接不暇。多数人血压高、心脏难受、失眠、厌食。所以，中国疾病预防控制中心流行病学首席科学家曾光教授指出，现在社会上“非典”恐惧症危害更甚于“非典”本身。这种恐惧与“疑心”有关。

疑心的相关词是什么？是不相信。在疾病面前他(她)一不相信自己身体的抵抗力免疫力，二不相信自己接触的人是健康的人，三不相信周围的环境是清洁的。疑心重重、疑心处处、疑心人人，这种疑心愈重，其实是把自己推到焦虑的边缘上。知道杞人忧天的故事吧，就因为这位“杞人无事忧天倾”，害怕天塌下来，愁得茶饭不思，郁郁成疾。所以，这种制造焦虑的疑心病能不算病吗？

许多疑心病源自恐惧，中国传统医学很懂得辨证施治，知道“心病还须心药医”的道理。“心药”是什么？其实是一种方法，按现在的说法叫“思想工作”。《红楼梦》中，薛宝钗曾用这种方法为贾宝玉治病。未娶林黛玉让宝玉精神极度抑郁，为让他将郁闷宣泄出来，薛宝钗故意告知黛玉死讯，让他扶棺一哭，果然宝玉精神清爽了许多。这就是用“心药”治心病的典例。

“非典”肆虐，让一些人精神高度紧张，由惧怕而生疑虑，由疑自身到疑别人乃至怀疑一切。治此病的“心药”是什么呢？应该服用“宽心丸”。举一些数字，或许能去疑心病：世界卫生组织去年11月26日发布公告，流感每年至少会对全球6亿到12亿人造成影响，其中症状严重者300万至500万人，25万至50万人因流感死亡，病死率高达8%—10%。照此推算，我国流感死亡当在5万至10万人，而“非典”死亡率最高时在6%左右。按照“非典”确诊的人数与人口比率来看，某人开玩笑说，比中彩票还难。

这固然是“宽心丸”。

但人活着真得时时吃宽心丸。你看过车祸死亡人数吗？每天车祸的死亡人数高得让你不敢上马路。你看过鼠疫、天花流行造成的结果吗？19世纪90年代至20世纪30年代，世界鼠疫第三次大流行，共波及六十多个国家，死亡千万人以上；天花在整个18世纪，仅欧洲死于天花者达1.5亿。

但是人类最终战胜了它们。对待天灾人祸，害怕无济于事，

疑虑也于事无补，白白弄得人焦虑恐慌。与其这样，不如先服些“宽心丸”，把心情调剂到最佳状态，把疑心病治好。疑心病不除，精神不会健康，因为消毒液永远不根治疑心病。

说疑心

有个这样的说法，做副手难，做能力差正手的副手尤难，做疑心重正手的副手最难。听起来像绕口令，说白了就是一句话，在疑心重的上司手下做事不容易。

疑心是权钱二者的共生物。二人火车上相遇，谁疑心？一般是身上带钱带物的疑心，怕对方抢，怕对方窃。什么也没带的肯定不疑。在单位，正手疑副手，副手疑下属，为何？不说自明。疑心是一种心态，是一种很不自在的心态，也是不由自主的甚至不能自控的心态。

明朝的开国皇帝是朱元璋，这位朱皇帝当过和尚要过饭，及到得了天下坐上金銮殿，依然抹不掉少年时的经历，于是，总疑心别人瞧不起他，拿他开心找乐。他在大臣献文章、进贺表、上奏本的章句中反复掂量，一有疑点马上杀头。

如贺表中有“光天下之”一语，联想到自家当过和尚；还有在贺章中奉承皇帝“为世作则”、“作则垂宪”，本意是说皇帝是模范楷则，可他将“作则”谐音成“作贼”；还有人夸皇帝“睿性生知”，这“生知”不就是“僧知”吗？上百个儒生就因为类似的词语脑袋

都搬了家。

暂且不论被杀头的，就说朱元璋活得累不累？像不像一只高级警犬，整日他警觉万分在嗅在听。皇帝的疑心让整个大明臣子一惊一乍，一次朱元璋召儒生们赋钟山诗，有个叫邓伯言的诗中有两句：“鳌足立四析，钟山蟠一龙。”朱元璋读了不禁拍案称绝。立在下边的邓伯言一看皇上拍了桌子还大叫，以为死定了，两眼一黑昏死过去，直至抬出东华门才醒过来。为了苟活，人们真叫绞尽脑汁，不敢疏忽半分。朱元璋巡幸寺庙诗兴大发，在大殿墙上挥毫泼墨。事隔数月又去，发现“墨宝”没有了，勃然大怒要杀人，方丈口占一绝，平息了风波：

御笔题诗不敢留，留时恐有鬼神愁。

故用清水轻轻洗，上有龙光射斗牛。

笔者读此一段逸事常想这是有准备的。这么一个疑心重重的皇上，谁敢动他的“墨宝”。准是有人不小心弄脏了、碰坏了，只好洗掉，再预备这样一首诗“闯关”。

在疑心面前，我们累不累。

怀疑，除了学术上的问题以外，应该是负面情绪，这种情绪会把人导向孤独与烦躁更负面的情绪中，从而使关系出现隔膜乃至僵局。一国之君如此，会人人自危、人心惶惶。明代是一个横暴恣肆滥杀无辜的王朝，不仅民不聊生，官也不聊生；一个单位的领导若疑心重，肯定人心相违，工作懈怠；在生活中一个人若常怀疑心，他肯定没有朋友，连家人都不会与之同心。

古语云：“众人同心，其利断金。”若要别人与你同心，须要去掉疑心。固然，在与对方不熟识、不了解的前提下，存戒心、存疑心是人之常情，若无端猜忌，怀疑一切，这类人的人格心态肯定存有偏执，因为他们总在那里假设联想，把“本来无一物”的空间，设想得紧张可怖。

疑心是负担，也是件累事。随着人与人之间的疏远，随着商品社会对人心淳朴度的侵蚀，疑心缺乏常意味着被欺骗。适当存有疑心，将它控制在一个底线之内，或许是现代心理学家亟须解决的课题。

奢心宜戒

老子说他有三件宝:一曰慈,二曰俭,三曰不敢为天下先。此“俭”字正与奢相对,既然俭是宝,那么奢便是一个恶物了。

奢侈是谁也挡不住的诱惑, 而且它与大环境就像水与船的关系,任何人都会水涨船高、“与时俱进”。杜甫诗中有“麻蹊见天子”,穿着双麻鞋接受皇帝召见,若在常时肯定不行,然而“安史之乱”造成全国三分之一的人死伤,此时还能讲究什么,有鞋穿就不错了。正像楚汉相争,刘邦打败项羽建立汉王朝,当时全国连几匹颜色相同的马都找不齐,可见物资凋敝至极。

然而,赶上几十年的太平,粮食来个连年丰收,奢侈之风就会云拥而至。尤其总有一部分这样的国人, 其表达奢侈的方式是挥霍。纵观人的一生,敞开肚皮吃能吃多少?放足量穿又能穿多少?“有钱自吃用,放着柜里重”。有的人钱很多,不挥霍不足以显示气派,不挥霍不足以求得心理平衡。像曾报道的百万元一桌的“盛筵”,美女玉体横陈的“美筵”,足见其奢。然而,比起下面这件事来,怕是小巫见大巫了。

明代有个正德皇帝,正德九年有人献新样四时灯数百盏,玲珑剔透,穷极奇巧,悬之宫廷四壁。不想元宵夜灯火通明而至起火。这位皇帝见大火熊熊,不是让人赶快救火,而是禁止往救,其看到火势旺盛,火焰冲天,居然开怀大笑,对所宠幸的美人说:“好啊,好一棚大烟火也!”

一个大宫殿烧了,当成一支大焰火,手舞足蹈地看着烧了,听着都让人目瞪口呆。作为一国之君,别说烧一座宫殿,像项羽把一个阿房宫庞大建筑群都烧了,也不会伤及什么。然而,皇帝一萌奢心必有奢举,一有奢举必然劳民,一个无惜民、惜物之心的皇帝,国祚皇运岂能长久。

我们常人何不如此。

天津人有个贬损人的词叫“烧包”,是说有了点钱就浑身难受、不知做什么好。这类人不仅被人瞧不起,其结果也大多不妙。有俗话说,心里能盛多大的事,就能挣多大的钱,“器小易盈”这个成语最能诠释这句话。每个人生下来都有自己的福祉,看自己怎样的去珍惜,会珍惜的一生享用不尽,拼命挥霍的可能几年就踢蹬没了。听说有一位书法家当了企业家,靠着年轻有为、精力充沛、功底好、头脑活络挣了大钱。其早就置办了“宝马良驹”,并常以“飙车”自炫,可惜驾车一朝失手,英年殒命。

固然,这也属偶然,但有一点说明了它的必然性。人一有钱,常生二心:一是慈悲心,二是奢心。有慈善心必有善举,善举是将自己的精力财力“转移”给他人,也是耗神耗财的一种途径。奢心则是花钱的紧迫感,一生此心,心必生躁。心躁和天燥是同一道理,都让人感到无端的躁动,此时神经亢奋、血管贲张,常像喝酒——“有事坏了事,无事生出事”。所以前贤们总结了一条规律:天燥有雨,人躁有祸。

由钱生奢,由奢生躁,由躁生祸,就是这样的一个转换过程,

让升平盛世中的一个个才财双全的人七转八转地转到“祸”上。

奢心宜戒恰恰因为奢心易生。由此想到《红楼梦》中的“风月宝鉴”，常看看它可怕的狰狞镜子的反面，时常警醒，少安毋躁，或许能转危为安、因祸得福呢。

把人生当减法

人生有两种算式：一是加法，层层叠加、处处增码；一是减法，依次递减，逐步精简。这两种“算式”加减出两种不同的人生。

人是喜欢增量法的动物，在文化艺术界，可以翻检一下名片，前五年的与前二年的同一个人的名片比较，会发现头衔是递增趋势，前二年的再与今年的相比较，依然是条目增加。有人说名片上头衔列得最多的可达十一二条，曾有人调侃地问对方：“这其中哪一条是发工资的？”对方竟答，发工资的单位没列在上面。这是一件真事。

再举一例，一位书法家很用功地临帖，据介绍已能写50种字体，其准备再用十年，向会写100种字体高峰迈进。

这是增量法，姑且算作加法吧。

大道理讲不出来，说说日常。前30年下乡，第一天干的活是锄地，贫下中农们告诉说，玉米苗一尺来宽留一棵，其余的锄掉。这一垄下来几十棵嫩生生的苗被斩杀，做的是一道“减法”题；到了秋天，间胡萝卜苗，更是十留其一，百留其一，这种“减法”的被减数越来越大。与之相同的还有种果树、蔬菜。

要想得到大果实、好果实、必须要用“减”法。

可惜人们都贪多，都想要以多取胜，可是，人世间的规律偏偏是，少少许常胜多多许。

还说书法，大书法家王献之从父亲王羲之学字多年，后习字成癖，没事时在妻子身上用指头写写画画。一次妻子不耐烦地说，人各有体，你总在别人身上写什么呢？“人各有体”这句话点醒了王献之，从此练就了自成一家的“王字”。像历史上的欧柳颜褚、苏黄米蔡，每人终生成就一种书体的面目，相信他们当年练的书体也很多，但到了一定程度之后，用的是减法，当减到“一”时反而成功了。

数字也颇诡异，在单数中“九”最大，在汉字中也极言大，故宫的大门的铜钉是横九个竖九行，那就是说“九个九”已大到了极限了。然而，九叠加九次，是八十一，所谓“九九归一”就是，最多最多的相加，最终化简成个“一”。

聪明的人生做的是减法。

于是余秋雨说：“其实，世间一切平庸与杰出的界限也在这里。何谓平庸？做加法，层层叠加地人云亦云。何谓杰出？做减法，力求简单地直奔真实。”

平庸是在做加法，就像祝愿梦想成真那样，人的梦想很像往树上挂彩条，挂一个再挂一个，一味的添加。然而杰出的做法常常是减法，能减则减，愈减愈简。这让人想起了弘一法师的书法。弘一的书法看不出起笔收笔的繁复，找不到横磔处的顿笔，寻不着点捺的修饰，他把汉字写得毫无装饰，简单到极致，用的是“减法”，所以它远离了“黑、大、圆、亮”的平庸，于朴简中凸显着大美的真实。

人生如酿酒，“减”是减去无味的水，量少了，味反而醇厚了；

“加”固然是增量，量增了，水分多了，让人品不出味，品不出味的人生能有品位吗？

把人生当减法吧。

再谈把人生当减法

人一生皆在加减中。

天冷了，穿的衣服一件一件加上去，天热了，穿的衣服一件一件减下来；搬家时，一件一件新物什买进来，一件一件旧物什扔掉；时间推着人，天增岁月人增寿，是加；但也活一天少一天，是减。

加与减是对立更是统一，善用加法，是人的本性。才、财二字，常要耗尽一生的心血。为了才的累积，夜以继日焚膏继晷，囊萤映雪凿壁偷光。及到著书立说、为文吟诗，又是减法。为财，更是让人数说不尽了。且不说正常的挣钱，那些黑夜杀人、入室劫财、贪污受贿、徇私舞弊，为的都是“加”。然而一旦东窗事发，肯定那个被减后的得数是零。

可惜人们只受得加，而受不得减。于是乎就一味地加。像求圆满的生活、求职位的升迁、求财产的丰盈，都需要“加”，对于这些恨不得加到无以复加才好。然而，物极必反这个世间大规律谁看得到呢？

中国的老祖宗把道理看得很透，说出来很朴素却又实实在在。古人们看到了走向极端处的危险,宁减而毋加。清代的曾国藩将书斋名为“求缺斋”,抱残守缺,怕人生太完满。不处全、不处极、不处盈,全则必缺,极则必反,盈则必亏。《易经》反复论证了物禁太盛、极则必反的道理。《吕氏春秋》说:“至长反短,至短反长,天之道也。”意思是讲夏至昼极长,过至则短;冬至昼极短,过至则长。这是说事情走到一个极端后,立刻就出现反方向。

这样是否得出这么一个规律:在人生中一味添加,终必减去;在人生中总是减,终还加上。这或许不难理解。

其实道理再简单不过了。倘若把人生比作一条曲线,中年当是生命最高极,此时生命的各种指征开始下滑,到了老年已滑到一定的低谷,此间生命处于一个“减”的状态,而偏偏有人在此时还要“加”,加偎红倚翠的性欲,加珠光宝气的财欲,加封官晋爵的权欲。结果呢,多少人栽倒在58这个年限上,“加”最终加速了“减”。《红楼梦》中感叹出这样一句至理名言:“正是乘除加减,上有苍穹。”

从这一点上看,是不是减比加好?

一些人总有侥幸心理,做坏事的想让老天闭眼。但老百姓总寄希望“苍天有眼”的宿命论上。什么“老天饿不死瞎眼的雀”“人有苦处,天有补处”等。其实老天没有惩恶济善的功能,倒是世间世事很有一些规律。说到底,就是物极必反。

为什么要把人生当减法?因为人的天性是由少到多的“加”。幼儿,第一个认识的数是一,最少,然后二三四五,是加;第一个学的也是加法,是1+1。人的年龄是加,人的工资也是在加,人的职称、职务都在加,人处在一个“加”的漩涡中。而退让、赈济、不取是付出、是递减,谁能主动地去“减”呢?但一定要减。

说到底,善用减法是人生的高明。看似减少了“便宜”,却赢

得品德上的完美和生活中的安全；拼命叠加般的搂捞攫取，财产、金钱“加”了，却加进了诸多或明或暗的灾祸。所以，做人记住这么一个宗旨：可加可不加的不要“加”，可减可不减的一定要“减”。

缺处知足

书法家龚望先生生前曾送笔者一横幅书法，上写“缺处知足”四字。

曾有一篇文章专谈人的遗憾，说百分之九十以上的人都有遗憾。遗憾一词谁都明白，是人的某种意愿某种抱负没有实现，自然而然会遗憾。说得再直白一些，遗憾就是缺憾，就是人生的缺失、缺处，于是就不满意，不称心乃至惋惜。遗憾的指向往往是人生的缺处，苏东坡的“月有阴晴圆缺”，缺其实暗指人生的不圆满。

人是很奇怪的，本来有的东西都不算数，唯独盯住那一点点“缺失”不放过。孩子期末考试报告成绩：语文100分、数学100分、外语95分。家长无一例外地盯住那95分。盯住那跑掉的5分，根本没去想那得到的295分。那跑掉的5分反而成为考试的全部，于是就演绎出下面的情绪：追问—讯问—斥责—乃至付诸体罚。对于“缺处”我们谁能满足知足呢？

像不像这个道理，都认为健康是最大的快乐。若问健康人，你快乐吗？他会说最近烦着哪：晋升没挨上，职称差一点，老公回家晚，孩子不上进。其实健康与生活的满足感无关，只有在病情很严重、很痛苦时，才会影响到人的心情，才会感到健康是最幸福的。然而，一旦痊愈哪都好受时，从来不会为自己的健康永远地快乐下去。怎样在健康的完美时享受快乐，在人生缺失的时刻也能知足知乐，许多人应在惯性思维面前停一下脚、驻一下足。

曾有人调查过轻生的人，他们都有“缺处”，这缺处有大有小，有的的确很大，生活的沟壑自己很难逾越了，只能以死求解脱；有的的确很小，小到几句口角就去死。这类人，是将“缺处”定格，又放大，于是世界充满了黑暗，没有一点生路了。

人都有缺憾，无论他多么成功，无论他拥有多少财产。一个炒股炒成百万富翁者，问他最大的缺憾是什么？他说有一个机会没把握，少赚了100万，所以他每每想起很难受。有一个故事，一个人坐在井台上哭，说一个金币掉到井里。于是有人说你别哭了，给了他一个金币。那个人收到金币又大哭起来，人问其故，他说，我如果不掉那一个现在就是两个金币了。我们都会笑话他的贪婪，我们对待“缺处”上常常也是很好笑的。

知道不知道，我们的思路是沿着这么一个方向前进的：有了健康时就想，我年轻多好；有了这些还想，找个白马王子多好……然而，一旦我们有了“缺处”，又出现另一种循进的思路：濒死的人想拥有生命多好，哪怕健康差一些，有了大病时想得小病的多好，得小病想没有病真好，真没病时又想年轻、想漂亮了……

缺处知足是让人面对现状，再做退一步想，让人学会顺其自然，懂得“适者生存”的道理。越是能顺其自然，懂得“适者生存”的道理，越是能顺其自然、适应自身的具体情况来生活，就能够多一些满意，少一些不满意。许多人之所以牢骚满腹、郁闷不快、看哪哪不顺眼，检查一下是否将目光盯在了“缺处”上。却犹如结痂的伤口,你终日挤掐捏拧揉,它不疼不流血才怪呢?将眼光从“缺处”挪开,或是以知足的心态对待它,能不“天天都是好日子”吗?

缺处知足,很有嚼头的。

眼前无路回回头

人经常是眼前无路的。上小学时写作文，满脑袋的“大概其”、“差不离”、“吹大梨”，没有书面语，没有好词儿，一写作文真个眼前无路；

及到上学读研什么的，就一如学中医，学医三年谓天下无病不可医，你想，学了那么多的药理药性成方成药的，能不气冲斗牛；然谁知行医三年谓天下无方可用，病人常把医生“逼”到绝路上；

组建家庭，生活拮据也好，夫妻拌嘴也罢，也常常过得长吁短叹、急赤白脸，时不时地会听到“咱过到头儿了”，何谓“头儿”，到终点了，没路了。

没路了怎么走？肯定不能像那崂山道士穿壁而过，于是，我们回头了。我们的“回头”有时不知不觉，有时不大情愿，有时迫不得已，总之，想进行下去想走下去，就得回头。

其实，回头也是一种走，甚至说，也是一种前进。

上世纪70年代初在农村，公社大队的头头们逢会必说，我们不能走回头路，不受二茬苦不受二茬罪。现在再看，这回头路当时若走了，早就不受苦不受罪了。不可否认，现在这“回头路”仍有人走的不大情愿，有人走的迫不得已。

人毕竟是聪明的，眼前无路知道走回头路的。

眼前无路了，可以视为一个阶段，回过头来再重走，不是重复，是叠加。电脑有时弄乱了，甚至死机了，就得关机重新启动，这是解决问题最简单最实用，其实也是最无奈的办法。前行是顺行，回过头来走应该说是逆行。前行无路可进了，再进就撞墙了，俗话说，不撞南墙不回头。人很怪的，看见南墙还不行，非得撞一下就回头了。

人生有许多“墙”，虽看不见，但它却能把人撞得鼻青脸肿头破血流。人生横亘着许多墙，诸如知识墙、人际关系墙、名利墙等等，你爬过了、穿过了乃至撞出一个豁口就行，但是有时就是怎样过也过不去，此时的回头回行，非为不可。

我们知道“逆向思维”吧？逆向其实就是时针的反向，是倒退。它产生的根源就是走不通之后的回行、是在绝路上的回退，是走投无路时的“节外生枝”。

德国的一家造纸厂配料时由于大意而忘记放进黏合剂，出了废品，这种纸根本不能用来书写，一落墨迹就渗开。凡事有此一弊必有彼一利，所谓甘蔗不能两头甜，只能占一头。既然这种纸渗墨必然就吸墨，有人建议将错就错作为“吸墨纸”推销，果然畅销不同凡响。这就是逆向思维，就是绝路后退而逢生的范例。

由此想到一位逝去的朋友，此人是教师是书法家，前些年见面很感慨，说知识太不够用了，正在攻读逻辑；又过了一年再问说读完逻辑发现数学和心理学很欠缺，于是再攻读，人生对他来说就像爬大山，一山放过一山拦。如果他不爬了，不前进了，回头当他的书法家，看似退步，其实那是另一番景致，他明知眼前路有“墙”,却偏去撞,最终弄个英年早逝。

眼前没路了,先退退步,先回回头,先转转身。莫道前路无知己,回头谁人不识君,这也是一不留神的事。

再说眼前无路回回头

人常常是自己折腾得没有路了。

《红楼梦》中的贾雨村,一天闲暇无事,走到一山环水秀茂林修竹之处,见有一座颓败的智通寺,门旁有一副破旧的对联:“身后有余忘缩手;眼前无路想回头。”文虽甚浅,其意则深,二者看似无关联,却甚有关联。前者是后者的因,后者是前者的果。前句是说得,人在得时永远不会停手;后句说的是失,失到无路可走时自然而然要归到“想回头”的懊悔上来。

许多贪官宣判时都要公布所贪的数目,一听几百万几千万老百姓就禁不住议论,说有个百八十万的打着滚也花不完,还不早住手,弄这么多有什么用?这大概颇如庄周讲的故事:雨后的车辙中有一条鲋鱼呼救,有位先生看到了说准备挖条运河引水来救它。鲋鱼说我有斗升之水就能活,何必这么惊师动众的。这涸辙中的鲋鱼有点水就能活,老百姓有个千八百的一家子能过一个月,那些贪官这点“水儿”能活吗?但人性有一致命的弱点,就是“身后有余”(死后钱也花不完)也会忘记缩回手来。一旦眼前无路(被双规)了,就想回头了。

让电视剧折腾的和珅是出了大名了。有一点可以肯定,历史上的和珅很有才学,风度仪表不凡,绝非电视剧中又丑又矬的草包一个。和珅一生聚敛的财富堪与皇帝比肩,皇上把他的家抄了相当于几年全国的财政收入,所以有句话叫"和珅跌倒,嘉庆吃饱"。及到褫职下了大狱,和珅眼前肯定没路了,于是"回头"了,他写诗道:"百年原是梦, 卅载枉劳神。对景伤前事, 怀才误此身。"说句公道话,和珅此时此刻认识得很深刻。"怀才误此身"此言不虚,有才有能的人沟沟坎坎、关门闭窗决挡不住他,他的贪从小到大、从大到巨,没点本事早就到头儿了没路了,可和珅一路杀向贪官的最高峰。到了巅峰也就等于上了悬崖,上了悬崖就没路了。

记得一次闲坐,老居士书法家龚望先生说:"人别太算计,算计来算计去, 临末了老天爷给你拨拉走一个子儿, 一辈子白忙活。"相信,和珅以及天下的贪官,不处心积虑地算计天上哪能掉馅饼?但和珅三十年殚思竭虑地搂啊捞的,是不是白瞎了,他自己总结得好,卅载枉劳神嘛!

佛家有句很现成的话:苦海无边,回头是岸。人"回头"吗?不会回头。为什么呢?因为名和利都在前头(其实有许多机会在后头,容另篇再谈),一沾名利,人性的弱点便成为强势,就会"做了过河卒子,只得拼命向前"。

人往前走,人往高处走,这是老话,更是真理,人的眼耳鼻舌口都冲前,肯定要往前走,人都往高处比也往高处看,就像走路爬山,很累人的。唐代的诗人柳宗元早就看穿了人性这一弱点,于是他写了一篇《蝜蝂传》,说这种虫子见东西就背上,而且好登高,越背越多越爬越高,终至坠地而亡。这不就是在揭示人性之弱点吗?

揭示弱点不是坏事,代尔·卡耐基的《人性的弱点》一书成为人类历史上第三畅销书,他就是看到弱点而让你避开。所以藉此告诫一句,别把路折腾没了再回头,再回头也晚了。

还说眼前无路回回头

人生的许多路是回回头又找到路的。

录一阕耳熟能详的宋词，辛弃疾的《青玉案·元夕》：“东风夜放花千树，更吹落、星如雨。宝马雕车香满路，凤箫声动，玉壶光转，一夜鱼龙舞。蛾儿雪柳黄金缕，笑语盈盈暗香去。众里寻他千百度，蓦然回首，那人却在，灯火阑珊处。”

看到这节日景象了吗？焰火盈天、宝马雕车香气扑鼻，哪一样景物不是引人伸长颈项往上瞅向前看。然而，最想找寻的，最想追求的，却是在回头中看到，即便那人还在黑影里。

人生是需要回回头的，因为许多机会在身后。

还说《红楼梦》的贾雨村，其落拓时寄居庙内，遇见一丫环生得仪容不俗，丫环名娇杏(侥幸)，见对方在看她，在回避时也回头一两次看看贾雨村。后来贾雨村做了官，觉得她是他的红尘知己，真的娶了她。娇杏只一年便生一子，又半载，雨村嫡配忽染疾下世，雨村将她扶为正室夫人。书中诗云——偶因一回顾，便为人上人。这位娇杏可谓侥幸，常说与机会擦肩，她的机会却在身后。

回头是多情,不回头是决绝,荆轲刺秦王,唱罢“风萧萧兮易水寒,壮士一去兮不复还”,“于是荆轲就车而去,终已不顾”。上车之后不回头,所谓义无反顾。而回头是缠绵,《西厢记》崔莺莺与张君瑞,在张生被迫进京赶考二人分手时频频回望:“青山隔送行,疏林不作美,淡烟暮霭相遮蔽”;就是住宿草桥店还“望蒲东萧寺暮云遮,惨离情半林黄叶”,还在回望呢。

这可谓是感情“无路”回回头吧。崔莺莺张君瑞二人情深意笃,但被老夫人阻隔,结合无路只有回望昨日了。其实在情感问题上回回头,可以化解坚冰的。

情感无良药,只需回回头。

传统戏有一模式,男女二人历经磨难也好,误会误解也好,只要吹吹打打一入洞房,戛然而止——没戏了。这也应了外国的一句话:结婚是恋爱的坟墓。可在生活中,一结婚真叫重打锣鼓另开张,一出戏才开始。结婚之后有的情愈深,有的情愈薄,记得周国平谈过“爱情中的亲情”,是说结婚之后亲情是个基础,在“情薄”之时回回头,想想以往的恩爱亲情,就似添加了助燃剂。

记得有人说过这样的经历,两人分手后她静静地坐在那儿,想起为买这个身下软软的坐垫他顶着一头雪花;打开音乐,那好听的唱盘是他选的;就是手中的钢笔也是他觉得好使送给她的……岁月的回放,细节的定格,把普通的爱情衍化为暖意,爱情很像循环水,它常常不需再添加,只是回放就够了。

在感情上眼前无路时回回头。“好马不吃回头草”是惯性思维的懒惰。“天涯何处无芳草”,这“何处”何曾摒去了“身后”。芳草萋萋,香花袅袅,正应了这么一句话,退后一步海阔天宽。回回头,收拾起旧情囊,后退一步又何妨。

何妨“陶醉”

醉是什么？醉其实是酒精作用下的失态。那么陶醉呢？倘若咬文嚼字一番，陶就是高兴的样子，乐陶陶，陶然而乐。陶醉就比高兴的程度要深了，说得直白一些，陶醉就是一种失态的高兴。

人乐极是要失态的，这种失态按心理学说，那是人神经的癫狂状态，因为高兴而控制不了情绪，致使情绪犹如脱缰野马，不知往哪个方向跑了。那年的电影奥斯卡奖使那位获奖的黑人女影星领奖时泣不成声；这也让人想起《儒林外史》中范进中举，中举后疯了一样，都属失态，这是情绪的一种宣泄，其实益于人的。

然而，许多国人的情绪不允许这么直白——领导表扬你，切不可陶醉，你若陶醉，就与骄傲画上了等号；职务晋升了，职称晋级了，不可以陶醉，要摆出无所谓甚至悲哀状的低调，或许能少些嫉妒。所以出现这么一种奇怪的现象：旧时科举，秀才看榜，一看自己落榜都笑，一些姑娘结婚上轿反而哭哭啼啼。于是人们总结说：“秀才落榜笑是哭，姑娘上轿哭是笑。”整个一个反其道而行的情绪。这说明一个什么问题呢？说明中国人无论在人生的任何重要关头（婚嫁、晋升等），都不能失态。譬如结婚，谁家姑娘上花轿要“仰天大笑出门去”,肯定要贻人笑柄的。

该哭的时候要笑,该笑的时候必须要哭,你说人活得多难受呀。其实,人自己不妨陶醉一下。

喝酒的人是不怕醉的, 醉成烂泥是低层次,“美酒饮教微醉后”是高境界。人的“陶醉”就是这样“微醉”的感觉。人之所以陶醉,是因为某件事或某景物的刺激,产生愉悦的快感。任何事,只要吻合了当时的心境,就会陶醉,很简单的。农民作家柳青在小说《创业史》中说:“猪、鸡、鸭、马、牛,加上孩子们的吵闹声,这是庄稼院最令人陶醉的音乐。”人时不时的真需要陶醉一下。

上文所述,陶醉是人高兴的失态。为了保持一种风范,许多人是不允许有半点失态的。上对下时要“端”,下对上时要“恭”,时时处处要惕然,要小心。就像《红楼梦》中林黛玉初进荣国府,小心翼翼不多说不少道,她敢陶醉吗?

陶醉其实是心态的放松, 是对环境的漠视, 是对自己的自信。敢自我陶醉的人是不左顾右盼, 不以他人情绪左右自己的人,这样的人敢怒敢说敢高兴,甚至敢自夸。由此想到陶渊明,作为晋代大隐士,他有素琴一张,上面没有琴弦,有朋酒之会他抚而和之,并说“但识琴中趣,何劳弦上声”。你说这是多么自信,用无弦无声的琴与人唱和自我陶醉。唐代诗人白居易于是说:“《周易》休开卦,陶琴不上弦。任从人弃掷,自与我周旋。”自家与自家周旋,其陶醉的放松心态谁人做得到?

人不妨陶醉一下,是让面部紧绷的肌肉松弛下来,是让紧张的情绪舒缓下来。当然了,人的陶醉不必在官场上、生意场上,走在街上,柳萌芽了,月儿圆了,都能陶醉一番;擦净了窗、泡上了茶,尽可陶醉一会儿。会自我陶醉的人,是幸福的人,更是轻松的人。

活的简单自在多

谁都想活得自在,可这自在用钱还买不来。越是有权有钱就越想自在,殊不知这权钱二字和自在二字之间还画不上等号,你说怪也不怪?

现在权钱二字最直接的换算物是汽车,买了汽车坐上汽车,可谓“也无风雨也无晴”了;奔波没了,油门一踩,一百二百。坐上汽车就自在了?你可以去问问那些“汽车族”,早上起大早奔游泳馆,晚上还得去散步,常常放着电梯不用,爬楼梯,女的减肥,男的降血脂。把坐汽车的那份自在再用锻炼“找补”回来。于是有人说,这叫啥?这叫“讲究”。

“讲究”是富人的专利,这毋庸讳言。但“讲究”却不是个自在的事。在欧洲中世纪,贵妇人很讲究,为了长裙曳地出现纤腰细细的效果,那腰要生勒呀。就像封建社会妇女的三寸金莲,很讲究啊,但那是身体被摧残的产物,这细腰、这金莲,能自在吗?所以说自在不成人,成人不自在。

人本来是追求自在的,可又都在破坏着自我的自在。记得舟山普陀禅寺有一联道:“自在自观观自在;如来如见见如来。”个中禅机颇深,自在需要“自观”,自己看明白了自在才能真正得到自在。有的人巧取豪夺或以权谋私，营造豪华的巢，养着几房的“奶”。一怕劣迹败露被“双规”，二怕“大奶”找上门，心里总是七上八下的，你说他自在吗？纵观那些人身陷囹圄即将身首异处时，都那么追悔，到那时才知道，没有了生命的亿万富翁、高官厚禄，统统是一个“零”。

穷也好，富也好，自在是一种心态。心态平和，穷也会觉得自在；心态不好，再富也自在不起来。还以汽车为例。时下有这么一句话：不买汽车，不知自己是穷人。一位朋友说，人一旦开上汽车就再也不和骑自行车的人比了。开大发的想换夏利，有了国产车想换进口车，车子高级了，就想人家有司机真美。所以一开上汽车，总觉自己还差一个档次。如此一来，车厢内再舒服也不自在。

自在是什么？自在是生活的简单。常言道自在轻松老百姓。平头百姓想去哪去哪，想做什么做什么？名人权贵们可以吗？英国王妃戴安娜，每天24小时的每一分钟都有很多摄像机、照相机瞄着，自在吗？最终让这些“狗仔队”逼得连命都丢了，至于戴着“帽翅儿”的，连看演出都要正襟危坐，本来是享受的事，却西服领带的，“自在”对他们是一种奢侈。

自在得到很容易，很多是不招自来的。一谈陶渊明，人们立刻想到他的田园诗，他放着彭泽县令不做回家种地，不仅种出自家后半生的自在，还给中国诗坛拓出逍遥自在的平台。他“晨兴理荒秽，带月荷锄归”，早出晚归很辛苦，然而他说，“四体诚乃疲，庶无异患干”。累肯定是累，但那些疾病“异患”就不来干扰了。所以他“俯仰终宇宙，不乐复如何？”他自在不自在？是天地宇宙间最自在的人，然而他活得很简单，是一位田间耕作每天喝一点酒写一点诗的人。他自在，但读他的诗觉得很简单。所以，连李白杜甫的诗都没赶上陶诗的自在。

链接平和

平和恰如五谷，是健康最基本的营养要素。《食治方》说：“所以谓安身之本必资于食，不知食宜，不足以存生。古之别五肉、五果、五菜，必先之五谷。”这就是说，人安身赖于饮食，在肉、水果、蔬菜、五谷面前，是以米、麦、小豆、大豆、黄黍这五谷“为先”的。

为什么？中国人说的主食是粮食类食品，即所谓的五谷，这是因为五谷味淡而平和，所以国人总结出“五谷为养”的说法。五谷为主，五菜为助，平和的食物结构养成国人平和的心性，这平和，其实引出了国人忍耐、知足、恬淡以及泰然处事的心态。

这些心态是与其他种族相比较而言，就我们的心态现实来分析，平和还需要链接。

何为“链”，链就是环环相扣而成的绳索。“大渡桥横铁索寒”，是说大渡桥是一铁索桥，这铁索即是环环相扣的链，任何一个环脱扣，就会断。人的平和也几如链，一环一环扣紧，才能连接起平和。但是，在人生的跋涉中，哪能没有环不脱扣、扣不上环的时候呢？由此，“链接”也是人生的一大课题。

“物不平则鸣。”人心中有不平、不愤，必要一吐为快，正是这句古语的要义所在。人为什么要不平？是因为世上不平事多多。仅以一首诗为例："赤日炎炎似火烧，野田禾苗半枯焦。农夫心里如汤煮，公子王孙把扇摇。"同是酷暑，这二者相较，农夫心里能平衡吗？肯定不平。在生活中，这类事就太多了。其实"公子王孙"也有不平，不平不是受冻馁而产生的心态，饫甘餍肥、酒足饭饱之后照样"妈妈的"骂是屡见不鲜的。

由此可以回到主题"链接平和"了。

任何人都会缺损几个链接平和的"环"。俗话说，家家有本难念的经，这"难念"的背后就是家庭、自身的缺损、缺憾乃至缺陷。以诗人李白为例，他被称为"谪仙人"，那就是说此人才华横溢，相貌潇洒，年轻时即进京城长安得皇帝召见。此人应该平和了吧？但他一肚子怀才不遇，诗中皆多不平。这本是人间常情，问题在于，怎样链接起这平和的索道。

得到平和其实很简单，去掉那几个缺损的"环"，链接起现有的"环"。

看过一个故事，一个豪富的老人很苦恼，想，倘让我年轻，我可以舍弃我全部财产；一年轻人很苦恼，想，如让我富有，我可以不要青春。此时一名乞丐摊开衣服高兴地说，让我享受这明媚的阳光。拥有青春却因"财富"之环的缺损，断了；拥有财富却因"青春"之环缺损，也断了；惟有这乞丐，去掉了青春、财富的两环，获得的是享受阳光的平和。

故事毕竟是故事，正像"三言二拍"是"警世通言"那样。然而，故事阐明的是道理，唯有道理才是故事的要旨通义。平和不是十全十美人生的产物，"人有悲欢离合，月有阴晴圆缺，此事古难全。"月有残缺不全之时，人生必有不遂心不如意之处，与其犯肝气、气不平，真不如去掉那几个让人烦心恼意的"环"，链接起

人生的顺心遂意,立刻就有通往平和的索道链桥。正值金秋,何不“轩窗敞启,听金蝉曼唱,微风落叶,爱篱菊之清芳,赏秋月之音朗”,心境平和犹五谷之为养,能不健身寿生乎?

理直不必气壮

人不在脾气大小脾气好坏，往往一旦占理，于是就理直，于是就气壮。《红楼梦》中林黛玉和贾宝玉的几次抢白，都是“理直”。但最终林黛玉落了个小性儿、尖刻的名声。最有说服力的武侠小说，“理直”已经成为写作的一个程式。譬如某坏人杀人给某义侠栽赃，被杀的一方就找某义侠报仇，来报仇肯定“理直”，一理直就“气壮”，许多情节就在这理直气壮的厮杀中展开了。于是造成了许多误会、误解，乃至永远也解不开的死结。

人的思维很怪，第一它不换位，第二它不假设。从逻辑学角度说就是概念到判断，判断到推理这一思维过程。举一个日常最常见的例子：甲不小心推自行车碰了乙一下脚，甲心想，碰得很轻，不必理对方。乙心想，你轧了人脚必须道歉。乙占了理“气壮”了，一看对方不理不睬就粗声粗气地说：“哎哎，说你了，你妈轧我脚了。”甲心想，又不疼值得带脏字儿出口伤人嘛，于是也仿佛占了理，也“气壮”了：“轧你脚是好的，应该轧你嘴。”这是相声《纠纷》中一个情节。后果可想而知，二人都理直气壮，最后一同“归派所儿”。

这是最小的“马路战争”,像这样因为一句话而酿惨祸的事太多了。记得《三言二拍》中,就是一点点口角最后丢了好几条人命。所以,理直最好别太气壮。

人都有“理直”的时候,比如某人在一外资公司工作,想出好的创意,然而上级这会儿脑袋“进水”,听不进去,于是你“气壮”,于是顶了起来,最后被炒鱿鱼了;比如公园的椅子刷了油漆,人家告诉他说,勿坐。他觉得买了门票就“理直”,于是“气壮”,一屁股坐下去……

一样的话百样说,就是告诉人们说话语气一定要委婉,一定要用商量的口吻,尽量少用命令和居高临下的口气。听朋友说了这么一件事,一位台商,一天到内地一家大餐馆用餐,他点了一个“鲍翅羹”,又要了一个鲍鱼方面的菜。看着这个穿着普通的人,服务生半是可怜半是嘲弄:“会点吗?不会点我教教你。”后来这位台商说,你帮客人参谋点菜,占了理,但占了理更应和颜悦色,更应委婉谦和,这样才能成为你的“理”。

占了理而不气壮,大概这更能见到一个人的修养所在。你占了理, 对无理的一方反而气不壮, 这大概是一般常人很难做到的,这里还有一个说话的技巧问题。我们都知道说话是艺术,是大脑智慧火花的闪现。在中国古代有很多这样的例子。齐国的宰相晏婴到楚国,对方见他身材矮小有意羞辱他,于是开了一个矮门(进狗的门)让他进。晏婴并未因为是“国家使节”而“气壮”,他说:我到了狗国只能进狗门呀。只一句话,说的对方面带惭色,大开城门。假如晏婴气壮如牛,于是大动干戈,由此而引发一场战争,其未必能都是胜算。所以,理直不必气壮,特别是在对方不知趣或不知情的情况下。您说是吧!

做梦也需要学

一般来说一些生理上的本能不需要学。比如吃奶,人一生下来就带有先天的本能,就会吮吸。做梦也是,生来就会。婴儿有时在睡眠中忽然啼哭或笑,大人们会说,你看他做梦了。做梦是生理本能,无师自通,不学自会,然而做梦也需要学,特别是做好梦,做益于人的梦,都要学。

梦对于人来说是睡眠时的产物,是大脑休息之后出现的另一“世界”。从古代就得到重视,“占梦”是与龟甲耆草一样用来占卜真实世界的一个媒介物。古时的思维是由梦而推测未来,是将梦作为未来发生事件的征兆。直到心理学大师弗洛伊德,也将梦分类归纳解析,他把结果没有导向未来,而是引到人的内心深处,于是就出现了用梦来回答潜意识,于是梦成了现实的一面镜子。

梦,无论是未来的征兆预兆,还是大脑中的潜意识的凸现,其实都离不开“现实”这块沃土。梦也如种子,种瓜得瓜,种豆得豆。你现实中种得善缘,会开出梦的“善花”,你现实中播下恶缘,结的怕是“恶瓜”。如此一说,做梦也需要一个“成长”过程就不会令人诧异了。

综上所述,做梦是潜意识的显现,是“日有所思,夜有所梦”

的心理活动过程。你在日间做得好,连潜意识中都想做好,这件事肯定能做好;学习亦是如此,你想学一门技艺,冥思苦想,昼思夜想,肯定能学好。有这么一件事,四川有个抚台想修葺杜甫草堂。原来的杜甫塑像本来塑得不理想,年深日久又坏了,想雇人重新再塑。然而一连找了十几个人塑,都不合抚台的意。后来一位久困乡间的老儒塑成杜甫像,抚台甚是满意,问为什么能塑得如此神形俱佳。老儒说:我喜欢杜诗,读到动情处常潸然泪下。久而久之,常梦见一老者,就按这老者我塑了这尊像。

为什么这位老儒能如此,是他喜杜诗读杜诗到了痴迷状态,从而影响到梦。似这样的例子太多了。《红楼梦》中的香菱学诗,学诗作诗着了魔,终于在梦中得诗一首,这首诗果然很好。

做梦需要学,这种学不是单纯学做梦,想做好梦很难。譬如,大款们做善事做好事并不难,只要拿出极少极少的一点钱,就能做一件或几件善事。然而,想拿钱买一个好梦,这根本不可能,即使是科技到了能克隆人的地步,但克隆梦是根本不可能的。所以做个好梦常常是人的渴求,这种渴求钱起不了作用,而“学”却能埋下好梦的种子。

学做好事,学做好人,学习善良,学习知识,这些“学”的现实其实是为“梦”积淀起一个平台,当这个平台放满了真善美,放满了仁义礼智信,放满了你美好的希冀和追求的时候,好梦自然会接踵而至。

君不见德国化学家凯库勒试图给苯分子找出一个结构式,久思不得,忽一日梦见原子排列成蛇状,形成圆圈旋转。醒来想出一环状结构式;君不见《长生殿》中,唐明皇与杨贵妃的天上相会,是不是刻骨相思的一种梦境?

所以记住凯库勒的这句名言:“先生们,让我们学做梦吧!”

别提不开的水

人际关系像一把炉火上的壶，烧开了，提下来，这是成熟；倘若水未烧开，你提下来，虽力气也花了，心思也用到了，却要受惩受罚，所以民间有句俗话：别哪壶不开提哪壶。

这壶比喻的是脸面，人一旦有了脸面，就有了羞耻心，哪壶不开提哪壶，等于是打开了魔盒，放出了尴尬，放出了恼怒，放出了下不来台。为此，讲话在人际中的委婉、避让、迂回，则是人生的圆熟。

有两个皇帝的故事，都与这“不开的水”有关。一个是“准皇帝”陈胜，其揭竿而起自立为王，国号为“张楚”。陈胜本是一农民，听说他当了皇上，于是乡下的穷哥们儿找来了，陈胜将他们养起来，所谓“苟富贵，勿相忘”。然而这几个穷哥们儿常将陈胜在乡下时不光彩的事说出来，等于把“不开的壶”提下来，陈胜恼羞成怒，后果可想而知。

另一位是外国皇帝，他要穿世界上最漂亮的衣服，于是两个骗子为他织就了一身高雅有品位的人才能看得见的“衣服”。于是乎皇帝一丝不挂地出来了。满城的人看到皇帝光溜溜的，都说衣服太华美了，唯独一个小孩提了这壶不开的水——“他什么也没穿”。至于孩子受到什么惩罚，没有下文，相信如果皇帝听到了，猛醒了，那贻笑大方的闹剧也就结束了。

然而,人常常怕提这不开的壶。

在超市,一位男士忘了拉上裤子拉链,迎面而来的女士看得很清楚,却一扭头走过,偏偏一小姑娘说:“叔叔,为什么不拉上裤子?”尴尬突然来了,这位男士慌忙拉上拉链,尴尬消失了。但发生的另一个故事的结局却不是这样。

盛夏,一位女士的腋下裙扣开了,侧面敞开,春光外露浑然不知。一位男士轻声地提醒了一句,女士意识到了,却很鄙夷地回敬了两个字:流氓。

鉴于这种结果,人们都不提这不开的壶,于是就有了这句“别哪壶不开提哪壶”的忠告。

情面大于一切,脸面重于一切,死要面子活受罪,正是它们的注脚。维护尊严,专门“哪壶水开提哪壶”,就形成了习惯。在生活中,圆熟是必要的,是人际关系中的润滑剂、橡皮墙。譬如见到老态龙钟的老者,没有谁会直言不讳地说:你都老成这样子啦。见到一个丑丑的小姑娘,不会直来直去地说丑,都会找一个优点说出来。比如说老人,腰板真直,或牙齿多整齐;比如说孩子,多聪明啊。都在“提开的壶”,避开“不开的壶”。

然而,在做人的原则上,在为政的高位上,若都不提“不开的壶”,这大概就不是福音了。在国外有的企业,一项新的产品研制出来,有它的可行性报告,据说还要召开专门会议,专门研究它的不可行性。这就是要“哪壶不开提哪壶”。在一项产品一个决策出台前,越是哪壶不开提哪壶,越是尴尬、窘迫和下不来台,这个产品、这项决策将来就会减少尴尬、窘迫和下不来台。这很像忘记拉上裤裆拉链的男士,越是大家不说,越是不提这不开的壶,他遭遇的尴尬就会越大。从这个意义上生发开来,不开的壶还是应该提,但前提必须是善意的、友好的。

无心的哲思

开宗明义,这里所说的“无心”,是和“有意”相对应的,就像一谈权利,立刻就有义务照应一样。

有句耳熟能详的诗:有意栽花花不发,无心插柳柳成荫。立意很明了,不说也懂,这里说的“无心”就是人的无意识,是人的随意,没有目的性,当然也就没有期待。

有这样一个规律,凡有心有意做的事,必然有一种期待,付出的心思越多,期待越强烈。记得上小学的时候,就想做好事,做好事的期待就是表扬,老师给予的表扬。于是抢着早来做值日,走路四处睃巡,恨不得捡个钱包交老师;甚至希望着火,好去救火、救人当个英雄。可惜这些“有意”都没有盼来表扬。一天,几个同学走在路上,路边一只水龙头没拧紧直流水,于是我走过去拧紧了,做完这件事就像路上有个石子顺脚一踢,立刻忘了。没想到这个无心之举被另一同学写进作文里,题目是《我的好榜样姜维群》,老师作为范文在班上念,写作文的倒没成热点,被写的反被老师大大表扬了一番。

有意做好事,虽期待殷殷,到头来一场空;无心去做,毫无思

想准备,竟来个满堂彩。有意的去取,反而无得;无心的去做,常让人罐满钵盈,这便是人生。

凡有意的,必有目的存在。到庙里,常见佛像前人头攒动,还有人跪拜。其既然是有意来此,必然有所求,有所期待。正如一财神庙对联所言:“颇有几文钱,你也求,他也求,给谁是好?不作半点事,朝也拜,夕也拜,教我为难。”凡有意做的,是希图回报,哪怕是心理的非物质的。不是说人做事有意不好,“有意”是一常态,所谓俗语“无利不早起”也。然而事事有意,事事目的性极强,也如俗语说的,希望越大失望越大。

人的成事常常在无意无心之间。在徐州某山有一个留侯(张良)祠,祠内有一副对联:“五世报韩终有恨,一时兴汉本无心。”这道出一个深刻的哲理。

张良是春秋战国时期的韩国人,其祖上曾为五世之相,秦灭韩后,张良结交刺客,处心积虑想刺杀秦始皇,但未成功。后聚众归刘邦,成为刘邦最大的谋士,最终帮助刘邦夺天下建立汉朝。“一时兴汉本无心”,说得很切合实际,因为张良开始一心想恢复韩王朝,复韩是有意的,兴汉是“无心”的。从这个意义上来说,“有意”成为泡影,“无心”反而成功了。

在运动场上也体现这样一个规律。做运动员都有很强的目的性,就是拿第一争冠军,然而这种念头一旦强化,就成为负担,成为心理压力。记得某次国际围棋赛,中国的一名选手进入决赛,凭实力应该是六四开,占有优势的,可惜最后败北了。一位知情人说,奖金数额太大了,选手太想得了。“太想得了”就必然要“太用心”,太用心的结果是心情迫切想赢想得到,最后发挥失常,不是对手太强,而是自己的期望太强烈。

无心是随意,是顺其自然。无心不是不当回事,而是把心调整到平和状态,让它按照事物本身的规律自己去发展。凡事一旦加进心理的焦灼,加进人为的催熟,加上急渴的企盼,烧饭必然夹生,栽花肯定“不发”。

无心为上品。

为意志助威

法国大雕塑家罗丹在遗嘱中说:“凡生命都从一个核心发出来,由内向外,萌生滋长。在好的雕刻中,人们可以察觉到一种有力的内在的冲动。这是古代艺术的秘密。”道出的这个秘密就是意志。

一件艺术品的生命力是内在的力量使然, 一个有生命的个体,其力量也来自内心,即来自意志。故而叔本华说:“身体是客观化的意志。”也就是他所主张的“生存意志”。这些听来似乎很哲学,其实很浅显易懂的。

意志决定一个人的实质。想想看,我们常常被感动的,是这个人、这件事所体现出来的意志。弱者堪怜、残者堪悯,然而让我们涔涔泪流的不是悲天悯人,却是他们的坚强、恒心和意志。意志是“有力的内在的冲动”。

意志是生存的启明星,意志是成功的金钥匙,意志可以将生命的最基本的存在形式提高到生命的最高境界。

在1976年的唐山大地震中, 一个幼儿在废墟中奇迹般地活下来了。他的存活不是靠他的意志,而是靠他母亲的意志。他的母亲在奄奄一息之际,咬断自己的手指,又将手指送到幼儿的口中。什么叫意志?这就叫意志,意志能支撑一个信念,这个信念就能创造一个奇迹,这个奇迹就会打造一个全新的世界。

培育一个健硕的身体,不如先去培养一个坚强的意志。在日本,不论多冷的天女孩子必须穿裙子,长筒袜不许太厚。到那里的中国妈妈,无论你给孩子穿什么样的裤子阿姨都要扒掉。她们认为,连这点事都扛不住,长大也不会有大出息。

这是在培养意志的嫩芽。缺乏意志的人,鲜有成功者。

意志是咬牙,意志是挺住,意志是坚持。倘若你与一位大音乐家做邻居,你的听觉器官不是享受而是煎熬。因为他终日在枯燥地重复再重复,他的成功是枯燥的积累和无味的叠加,它会让旁听者都要发疯,而他自己却以意志的倔强,最终将之提升到尊严、肃穆、光明、广大的演奏层面上,成功最终是意志的成功。

为智商加油何如为意志助威,许多人缺少的不是智商,恰恰是意志。都听说过这样一个故事,老和尚让小和尚装满一只桶,石头很快装满了,老和尚又填进许多沙子,最后倒进许多水,这才是真正意义上的"满"。智商正是这石头,常给人以满的假象,意志是这细沙和水,将生命的缝隙填得充盈饱满。意志正是生命的核心,由内向外,迸发着成功的活力。

每个人都用自己的意志踩出自己的一条路, 攀上自己的一道崖,只是人和人的路有平坦崎岖之分,崖有高低险峻之别,"无限风光在险峰",在意志两字面前,恰如杂技,你的难度系数危险系数越高,证明你的意志越坚强,因为"意志是世界的本质,一切现象的实质"。

意志,生命的燧石,敲打愈烈其光愈明。当人生显出灰色的黯然, 是否是因为生命的燧石缺乏撞击和敲打?当生活遇到挫折、生命遭遇磨难,能否看作是对意志的挑战?

为意志助威吧!

无须悲秋

人是多愁善感的动物。

“悲秋”是季节的重要主题。谓予不信，信手翻翻唐诗宋词，其中悲秋之作触目皆是，最早的还数楚辞：“悲哉！秋之为气也。萧瑟兮，草木摇落而变衰。”杜甫诗云：“万里悲秋常作客，百年多病独登台。”对秋景而伤悲，似是任人逃不掉的一个魔阵。所以林语堂说：“春则清醒而怡悦；夏则小睡而听蝉声喈喈，似览光阴之飞驰而过若可见者然；秋则睹落叶而兴悲；冬则踏雪寻诗。”

对景而生情，对景而伤情，这是情绪与景物的交流和互动。人历来是喜生而悲死的。婴儿呱呱坠地，大哭不止，人们闻哭而喜；年长者，死时大都安详而去，但面对安详却哭泣。这是人面对生死油然而生之情态。由此说到春，春乃万物生发之时，所以有“春风得意马蹄疾，一日看尽长安花”的愉悦；秋乃叶消木敛之季，“无边落木萧萧下”，能不让人备感凄清悲凉？悲秋之情在所难免。

然而，人无须悲秋。但，需要变换一下角度。

悲秋，常常是诗人的情愫。作为常人，四季是冷暖交替，是岁月的自然更迭而已。记得当年上山下乡时，最盼的就是秋季，就是这一场秋雨一场凉的暮秋。此时昼愈短而夜愈长，庄稼都收获到场院和粮囤中，长舒一口气，放松腰身，农闲就在眼前。所以在唐诗宋词中，大凡咏秋有欢乐色彩的，一定是在说“农家乐”。

如今，季节的界限模糊了，倘若以前的季节像竹子，其“节”分明，现在的季节似白蜡秆儿，已无甚明显的“节”了。原来一说到秋是收获的季节，正是橙黄橘绿时，现在暖棚大棚、南菜北种，四季都是蔬果丰盈之季。如此一来，四季就没有了农忙农闲之分，蔬菜水果哪还有旺季淡季之别。

秋，在北方唯一的变化，就是落叶了，一夜秋风，半城黄叶。叶落而枝疏，枝疏而天宽，“星垂平野阔，月涌大江流”，秋给人的天高云淡、气爽神清，这大概是任何季节所没有的。

悲秋的人，常常是闲人，咏秋的人，常常也是闲人。闲人就要“无故寻愁觅恨”，闲人就要“为赋新词强说愁”，若是诗人，总要找些刺激让情绪有些起伏。作为常人，最好在季节的更替之时平缓情绪。身闲何如心闲，望云卷云舒，任四季轮回。享受秋天，别让这秋在沉闷、郁戚中流走。

秋本无须悲。请看前代哲人如何说——

秋，青绿混合了金黄的颜色，忧郁混合了愉快的情绪，而希望混合着回想；

它的金黄的浓郁，不是表现春的烂漫，不是表现夏的盛力，而是表现逼近老迈的圆熟与慈和的智慧；

一阵新秋的金风掠过，木叶愉快地飞舞、摇落，你真不知这落叶的歌声是黯然销魂的歌声还是欢笑的歌声，这是新秋精神的歌声。

无须悲秋，我们若能聆听出这“新秋精神”之歌，那你的精神境界中肯定融入了平静、智慧和圆熟。那一分悲凉、落寞和冷寂就随落叶飘散了。

爱，无须隆重

隆重，首先是一种排场，其次是一种仪式。像西安的秦始皇陵，那列队排列齐整的兵马俑，出土后震惊了整个世界。谁也必须承认，这是隆重，一种旷古未有的大排场。但有一点可以肯定，在这隆重的排场中，有敬畏、有肃穆，也有仰慕，但唯独没有爱。

爱，无须隆重。

现在的爱似乎越来越隆重了。在饭店餐厅，给孩子过生日，头戴王冠的小寿星，硕大的生日蛋糕，音乐、蜡烛和众星捧月般的笑靥掌声，很隆重的。那年轻人结婚的场面，彩车成队、贵宾成列，也很隆重的，他们无一例外地都喜欢这种“隆重”的气氛，感觉很幸福。

类似的隆重升华开去，就成为排场，排场与其说是隆重，不如说是讲究。讲究的是气氛、氛围，颇像一些进咖啡厅、茶室的人，喝的什么并非需要，要的是那氛围。若是说喝咖啡饮茶这样做无可厚非的话，那么对于爱，只要那些排场和讲究，是不是买椟还珠呢？

这是一段古老的故事：一名楚国的珠宝商得到一颗宝珠，于是将盛珠子的匣子大大美饰了一番，“熏以桂椒，缀以珠玉，饰以玫瑰，辑以羽翠”，一名郑国人见了花重金买了，只拿走了这只精美的匣子，把宝珠给了珠宝商。为使珠子升值，将匣子装点得很隆重，最终喧宾夺主，最重要的核心珠子被忽略了。一些隆重的爱是否也被颠倒了“珠椟”关系呢？

有的爱需要永远的“隆重”来维持。譬如一些“财色”“权色”交易衍生出来的“爱”，这样的爱不需“珠”而需“椟”，要的是住的“匣子”(豪宅)，跑的“匣子”(宝车)，那真正的“珠”(爱)只是附属品。一方是色衰爱弛，一方是财尽爱衰，靠的是排场来维持，必须靠“隆重”来延续。真正的爱，维系起来很简单，爱常常让隆重走开。

爱，越真越会简化掉繁文缛节，就像是红黄蓝三原色，很单纯，它不需要调制得七彩缤纷。曾有人做过这样的统计，生活困难的家庭出来的孩子，最疼爱父母，他们的父母对他们的爱没有物质堆积起来的“隆重”，然而正是那些“贫贱百事哀”的日常事情，反而在他长大之后成为回忆中的亮点。

不可否认，隆重是场面上的壮观，是心态上的重视，是礼仪上的需要。但是，爱是心泉的涌动，常常与隆重无关。爱应是生活中的常态，很像走路，左右腿交替着走，左右臂交替着摆，并不费力。然而仪仗中的队伍，正步走需要挺直脊梁、梗着颈项、劲甩双臂、绷直腿踢出去。隆重的爱，恰似正步走，很庄严，很肃穆，天天如此，谁受得了？

爱，是舒缓，是放松，更是简单。正像一位导游讲的这样一个细节，一对老夫妻出游，每逢登坡上阶，老妻抢前一步，连看也不看，把手臂后伸，老夫随即递上一只手，一齐用力……

爱，就是这么简单，一点也不隆重，可它像佳酿，浓浓酽酽要醉人的。

容忍生灵

人大概是最容忍不得生灵的动物了。人能容忍的生灵必须用处有二:一是可食用;二是可玩赏,此外一律杀无赦,信吗?

城里的人越来越远离生灵了。春天,蜂蝶有吗?夏天,听取蛙声一片的蛙们有吗?秋天,各种咿咿唧唧的虫鸣有吗?冬天……唯一的生灵随处可见,那就是面目可憎的老鼠了。

老鼠不是人容忍而留下的生灵,而是屠戮生灵圣手的人类将别的生灵赶杀殆尽后难以下咽的“恶果”。人的生存地带,猫头鹰绝迹了,蛇、黄鼬没有了,甚至老鼠的天敌猫根本不敢让它们出门捉鼠,怕遇上被毒死的鼠,再殃及无辜的猫。

人是不容忍生灵的,蚊蝇是人们最见不得的仇敌,在饭馆里如若见到一只苍蝇,都必欲除之而后快。倘若是一只马蜂、一只蜻蜓误入屋中,许多人会像看到非法入境的侵略者,力求全歼。至于居室墙角中的一两只蚂蚁,花盆中的蚯蚓,绕花而飞的不知名的昆虫,一定要除“恶”务尽的。

人能不能容忍一下与自己无干的生灵?

曾看过法国拍摄的一部电视片《小宇宙》,片中的主角都是昆虫,是用了十几年的时间才拍摄完成的。看过这部电视片你就会发现,无论是一只瓢虫还是一只蜘蛛,它们都有自己一个完整的家庭,拥有一块连接世界的领地。当我们有意或无意地扯破一块蜘蛛网,或无意砸实一片土的时候,我们或许已经毁损了一个动物王国。记得丰子恺回忆弘一法师的时候说,弘一坐藤椅前必先摇晃一下，好让藏在藤椅上的虫蚁逃掉，以免伤害无辜的生灵。相信这些生灵拥有自己的家,或许是出来觅食,家中还有嗷嗷待哺的婴儿,或许是情侣出来漫步,正幻想着将来的美景。

我们说,地球是人类的栖息地,也是已知星球上唯一有人类的星球。然而,地球不仅仅是人类的;她也属于飞禽走兽鱼虾虫蚁的。从大处说,我们伐掉一片森林,那里的禽兽就等于没了栖息地,我们污染了一条河,就等于那里的水族类遭到灭顶之灾;从小处说,我们的门前种下一棵树,植下一片草,就给小鸟小虫营造了一个家园。我们放过一只蚁,一只虫,抑或是成全了一个家。丰子恺曾有这样的感慨:“人要杀蚂蚁,既不犯法,又不费力,更无人来替他们报仇。”但人是有恻隐之心的,面对一双蝴蝶翩翩而飞,清人熊澹仙说“轻纨原在手,未忍扑双飞”。这都在提醒人们要容忍生灵、珍爱生命。

生灵给我们启迪,生灵给我们福佑。我们珍爱自己生命的同时,勿忘容忍生灵。《菜根谭》中的一句话让我们看到生灵相争相残的恶果和生灵和平共处的平和,其言道——

鹬蚌相持,兔犬共毙,冷觑来令人猛气全消;鸥凫共浴,鹿豕同眠,闲观去使我机心顿息。

让生灵与人“共浴”,让众生与人“同眠”,这是人类的福报,也是地球的福报。

把笑存放在一个地方

狐狸把没吃完的猎物埋起来，田鼠将秋天窃来的粮食堆在洞中,这是存放。人的存放就更多了:仓囤,是存粮的;水库,是存水的;银行,是存钱的;发的电人们存不下,于是就有了充电器,将电转存到这里,随时用……那么问一句,你把笑存放在哪里?

许多人什么都存,唯独没有存笑,一点储蓄都没有,甚至透支。这种说法似乎有些玄学的味道。

笑,与生俱来,是人人都能获得的技术,不过这种技术的获取需要培养和开发,同时也需要储蓄。把笑,存放在一个地方怎样?

存在哪里,这是因人而异的。有的人将笑存在嘴角上,需要时"提取"得很快,这样的笑一般在官场上、商场上,有时也在情场上。可是,单一嘴角上的笑常常是假笑。美国一位教授保尔·埃克曼说:"笑,像货币一样,是人们进行交际的一种手段。有时候,它也像有人会使用假钞票一样。"有人进行过研究,说真笑是由两种肌肉同时收缩而形成的，一是能在收缩时把嘴角上提的肌肉——颧肌;一是围绕在眼睛周围的肌肉——眼轮匝肌。由于眼轮匝肌绝大多数的人不可能随心所欲地使它收缩和放松。因此，假笑可以使嘴角上提表示他笑，却无法使眼睛也笑起来。

可不可以这样说，假意的笑将笑存放在嘴角上，真情的笑把笑存放在眼睛里。

把笑存放在嘴角上的。他们常常很痛苦。一位在官场上厮拼了很久的朋友说，“文革”时，军管会头头念大批判稿，“人的正确思想是天上掉下来的”，完全是一肯定语式，他一翻页，又念：“吗？”当时想大笑，你敢笑吗？平时见了上司，嘴角能不挂笑吗？坐机关的，不在嘴角上存放足量的可快速提取的笑，不会有好果子吃的。

把笑存放在嘴角上，其实是一种痛苦。那么，眼睛是心灵的窗口，能不能把笑存放在心里，再随时打开一扇窗？

脸上无笑，人称冷面，或叫阴沉；脸上有笑，若是真笑，叫一脸灿烂，满面春风。人类笑的能力是健康的表征，人类“储存”笑的能力是填写了一张健康支票，这个道理不知有多少人能理解。有科学家研究发现，人在笑的时候，肌肉的紧张性发生改变。鉴于关节炎、头痛病等多种疼痛性疾患与肌肉紧张有关，因而笑有止痛的功效。不仅如此，美国一位喜剧大师说：“无论处于何种悲痛之中，一旦你找到了‘笑’，你就能忍受更大的打击。”

笑，是健康的通行证。笑，常常要付出代价的，千金难买一笑就是证明，世间最昂贵的笑是烽火戏诸侯，弄得皇帝丢了江山社稷。但笑有时很廉价，马三立只用了三个字“逗你玩”，能让人笑满剧场，笑到家中，一直笑到现在。但是，谁能把笑存放在一个地方，随用随取呢？

笑，不像存钱，需要一笔一笔的积攒。笑，需要将心中的忧烦、苦恼挪开扔掉，腾空心室，再装满笑即可。笑，很像无土栽培，只要将米粒大的叶子放在培养皿中,用平和、平静的情绪“浇灌”它,很快就是一株枝叶齐整的笑之花。笑,比“非典”传播的速度快,一台搞笑的晚会会给无数的人感染上微微的笑、开怀的笑。把笑存放在心里，它会时常升发蒸腾，让你的嘴角挂着盈盈的笑,你的眼角透出会心的笑。你存放的笑越多,你的烦恼会越少。

后记

倘以谜语方式问，什么永远也捆不住，什么永远也解不开？这不是脑筋急转弯。其实答案很简单：心性。

心性，无物可捆，也无物可解。凡形而上的东西不能用车载，不能用斗量，更不能用眼观和用手抓。

日前听人闲聊，说翻看自己上世纪80年代的日记，上面写着对婆婆对镜抹口红不解，以为不健康。时至今日呢？八旬开外的婆婆依然浓妆艳抹，什么时髦就追什么。而自己，依然不化妆。

这就是心性，你想捆它不让它怎样，它仍然怎样；你想解开它，想让它怎样，它偏还是怎样。捆不住也解不开。

杜甫有句诗："葵藿倾太阳，物性固莫夺。"葵花朵朵向太阳，这是"物性"，转到人的身上，这便是心性。这心性或许也是本性，所谓"江山易改，本性难移"，或许是有道理在其中的。

任何物，包括动物植物，都有天性的因素存在，这是我们常说的基因的作用。或许"上帝"造人时就不让人完美，多好的人即使没缺点但准有弱点，没有心病但准有毛病。正像曾经热播的电视连续剧《激情燃烧的岁月》，全剧中没有坏人和恶人，全是好人，但最好的人石光荣却是毛病最多的。社会改造他，老婆改造他，儿女们也想改造他，可他一生就这么"一身毛病"地过来了，谁也捆不

住他,谁也解不开他。心性,正像电脑的密码,一旦排列出来,别的号码永远与它格格不入。任你敲打一千遍,它仍无动于衷。

凡属本性的东西除非改变它的基因,否则永远如此。还说《激情燃烧的岁月》中的石光荣,那倔强不屈的性格,对敌人如此,对亲人也如此。他可爱吗?很可爱。他可恨可笑吗?也可恨也可笑。但无论你怎么恨怎么笑,他还是他。

正因为这个缘故,心性(不是觉悟和心情)很难改变。然而,人毕竟是人,既不能像刺猬,浑身是刺谁也不挨谁,也不能像藤与树终日缠绕不清。人的群居性让人必须都要凑在一起,但又不能整天你冲我撞,于是,包容顺应的问题就提出来了。

以前,凡一说到大自然,一是斗,二是改造。多年来,大自然给人类的报复,终于让人明白:只有顺应自然,包容自然,自然才会反躬过来顺应人类、包容人类。天地大宇宙,人身小宇宙,心性何尝不是如此?

一个人有一个人的心性,就凡人普通人来说,没有什么大彻大悟,没有什么哲思禅语,但个人有个人的爱好习惯、思维和行为方式。我们的日常生活不应该让别人与自己"接轨",与自己"同好"。用你的"绳索"去捆住对方,永远也捆不住;用你的解扣方法去解对方,一定会解不开。心性的差异就像马车和汽车,它们的功用都是往前走,操作和运行原理却毫不相通。

心性不是玄学,现代心理学已洞开了一扇窗,虽不能穿堂入室,但让人看到了一部分,起码让人知道,人性不可扭曲,心性应该尊重。

"读心录"最后就是想告诉人们,保留个人心性的独特性,修正其中的伤身害神的负面部分。倘有点滴收效,吾当大喜过望。在此先鞠躬致谢了。